あのこは貴族

山内マリコ

集英社文庫

目次

あのこは貴族

第一章　東京（とりわけその中心の、とある階層）

1

タクシーは国会議事堂前を通過し日比谷公園をかすめ、ちょうど内幸町の信号にさしかかるところだった。街の空気は清められたようにすきっと乾いて、榛原華子は元旦にしか味わえないどこか神聖な気配を窓越しに感じながら、思い詰めた顔で後部座席に座っていた。

「田舎者がみんな故郷に帰って、東京の街はスカスカですわ」

運転手は道が空いているのがうれしいのか、さっきからスピードは出すわやたら話しかけてくるわで、華子は少々困惑している。無視するのも気が引けるが、かと言ってこの手の同調を求めてこられる世間話にどうリアクションすればいいかもよくわからない。誰とも話したくないときに限っておしゃべり好きの運転手に当たってしまうものだと、華子は小さくため息をついた。

まごついているうちに運転手が、

「かくいう私も田舎の出なんですけどね」

と自分につっこみを入れるので、華子は苦笑いを浮かべた。

いかにも人の良さそうなその運転手は、滔々と話を続ける。

「東京に出て五十年近くになるでしょう、もう親も墓もこっちに引き取っちゃって、何年も帰ってないね。とにかく雪が酷くてねぇ、あっちの方は。参っちゃって。実家はもう何年も空き家だね。処分に困るのなんの」

しきりに田舎の話をされるが、華子にはまったくピンとこない。彼女は今年二十七歳になるが、東京以外の地理なんてさっぱりわからないし、とくに興味もなかった。母親の温泉めぐりにつき合って地方へ足をのばすことはあっても、新幹線で通り過ぎる町はどこも似たり寄ったりだから、どうしても記憶が混同してしまう。天気予報で全国の地図が映っても、生まれてこのかた東京にしか住んだことのない華子の目には、東京の外はまるで見えていないのだった。

「お客さん東京の人だね」

運転手はなにかを直感したらしくピシャリと言うと、

「正月から帝国ホテルなんてうらやましいねぇ。私なんかしょっちゅう来るけど、中には入ったこともない。いつも人を乗せて来るばっかりでね、ハハハ」

自虐的に笑いながら、バックミラー越しにちらりと詮索するような視線を投げた。華子はかすかに身構えたが、運良く信号にはつかまらず帝国ホテルの車寄せに滑り込んだので、話が膨らむ間もなく車を降りたのだった。

逃げ込むように帝国ホテルのドアをくぐり、華子は芯からほっとする。そこかしこがチョコレート色の内装はどこか懐かしく、ラグジュアリーを謳った昨今の外資系ホテルにはない落ち着きがあった。吹き抜けの天井、シャンデリアの下にはボリュームたっぷりの正月らしい松飾りが置かれ、人々がひっきりなしに往来してロビーは活気に満ちている。一段低くなったラウンジバーには客が溢れ、さんざめく話し声や食器がカチャカチャ触れ合う音が混ざり合って騒がしいくらいだ。

華子は地下の連絡通路を通り、目的の店の暖簾をくぐる。榛原ですと名乗ると、着物姿の仲居はお待ちしておりましたとお辞儀し、にこやかに年始の挨拶を述べながら手際よくコートを預かって「こちらへどうぞ」と手をのべた。個室に通されると先に到着していた母方の祖母が、九つの椅子が並んだテーブル席の上座に一人ぽつんと腰掛けている。華子を見るなり顔をパァッと輝かせ、

「あらあら華ちゃん」

こっちにおいでとばかり、真横の椅子を重たそうに引いた。

促されるままとなりに腰を下ろし、華子があけましておめでとうございますと仰々しく頭を下げるや、祖母はハンドバッグから鳩居堂ののし袋をとりだす。

「華ちゃん、これ、お年玉」

祖母は封筒をテーブルにスッと滑らすなり早く仕舞えという手振りをするので、

「おばあちゃまありがとう」

華子はお礼だけ言うと自分のハンドバッグにそっと忍ばせた。封筒を持ったとき、ちょっと厚みのある感触がした。

「華ちゃん、お母さんから聞いたわよ、会社辞めたんですって？」

「うん。十一月にね。退職届出したの……」

「そう、それはいいことよ」

祖母はかねがね、華子には早く結婚して家庭に入ってほしいと言っていた。女の子があまり社会で揉まれるとすれた感じになるから嫌だわと。華子が父親のコネで大手化粧品メーカーに就職し秘書課に配属されたと聞いたときも、渋々といった調子で認めつつ、仕事はほどほどにしておきなさいという忠言を忘れなかった。

華子は三姉妹の末っ子である。上の二人とは年が離れているのと、顔立ちも愛くるしく素直な性格があいまって、祖母のお気に入りだった。セミロングの髪は濃すぎるほど濃い黒で、染めたこともパーマをかけたこともなく、ピアスの穴すら開いていない。服の趣味も一貫して清楚でおとなしい、そういうところも祖母には好ましいらしい。祖母は華子の着ているハロッズのツイードワンピースを褒め、華子も祖母のコーディネートを褒め返した。

今年八十四になる祖母は、臙脂(えんじ)色のツーピースにエルメスのカレで首元を覆っている。ツーピースは華子が生まれるずっと前に日本橋三越(にほんばしみつこし)で誂(あつら)えたものだという。何十年も着ているのに生地はまるで傷んでおらず、デザインもまったく古びていない。小柄な祖母によく似合っていた。

「いまはもうこういう上等な生地なんてないんでしょう？　なんでもペラッペラの安物ばかりでねぇ」と祖母。

華子はただにこにこと微笑(ほほえ)みを浮かべてうなずく。

そこへ仲居に通されて麻友子(まゆこ)が入って来た。真ん中の姉で、榛原家の次女にあたる。

「あ、なんだぁ〜やっぱみんな遅れてる」

無神経な調子で言い、セリーヌのラゲージを椅子の上にぽんと置くと、麻友子は祖母に向き直って、「あけましておめでとうございます」と慇懃(いんぎん)に頭を下げた。この何年かは毎年のように正月を海外で過ごしていた麻友子が、めずらしく食事会に姿を見せたことに、祖母は茶目っ気を滲(にじ)ませて驚いた顔をつくりながら、

「あら、お久しぶりですこと」

ほんのりと嫌味を口にする。麻友子はきまり悪そうに華子のとなりに腰を下ろした。

仕事ばかりして結婚せず、三十を過ぎてやっと嫁いだと思ったら、一年ともたずに離

婚したことが、祖母はいまだに気に食わないらしい。そもそも、祖母がこよなく愛する母校である、エスカレーター式の名門私立女子校の大学に進まず、わざわざ聖マリアンナ医科大に入って、祖母の言葉を借りれば「女だてらに」医師免許を取ったときから、麻友子のことを快く思っていない。麻友子が子供のころは、利発な彼女のことをずいぶん寵愛していたらしいが。

麻友子とは十も年が離れているので、華子はこの二人の関係がこじれたいきさつはいまだによく知らなかった。それにこの姉には、華子もちょっと苦手意識がある。頭の回転が速くせっかちで、口が達者な上にまくし立てるように喋るので、おっとりタイプの華子は相槌を打つだけで精一杯。一緒に住んだ記憶はほとんどなく、この姉とどうにか対等に口を利けるようになったのも、華子が外で働くようになったここ数年のことだった。

「華子のそのネックレス可愛い。あ、ブレスレットもお揃いなんだ。どこで買ったの？」

「ボン・マルシェ」

「ああ、パリの？」

「うん。去年フランスに行ったときに買ったの。青山にもショップあるよ、レネレイドっていうとこ」

おとぎ話の世界から抜け出してきたように繊細で愛らしいデザインにしげしげ目を凝らしながら、

「可愛いよそれ、華子に似合ってる」

と褒めてくれたが、おそらく子供っぽいという意味なのだろう。あなたの年代のファッションには興味ないわと言わんばかりに、「あたしも欲しい」とはおくびにも出さず、思い出したように「華子っていまいくつだっけ」とたずねた。

「二十六、今年誕生日が来たら、七」

「もう七なの!?　やだぁ、あたしも年取るはずじゃない。へぇーそっかぁ、二十七かぁ。二十代のうちにそういうの、いっぱいつけておきなね」

麻友子は言うことにいちいち棘と含みがある。麻友子がつけている一粒ダイヤのピアスや、手首でしゃらしゃら揺れるゴールドの華奢なブレスレットに比べると、華子が身につけているアクセサリーはちゃちなおもちゃのようなものだろう。麻友子は赤坂で美容皮膚科医をしているだけあって、そろそろアラフォーというのに肌がピンと張って滑らかである。くすみもなく肌のトーンが明るくて、目鼻立ちの派手なかなりの美人。派手なのは外見だけではない。離婚したときにもらった六本木のマンションに住み、毎年のように車を買い替えるなど、生活態度はあからさまにバブリーだ。ＢＭＷ、アルファロメオ、メルセデスと乗り継いで、いまはポルシェのマカンに乗っているというが、車に興味のない華子にはまるでピンとこなかった。

三人で他愛もない会話をしていると、両親と長姉一家がつづけて到着した。

華子の父と母、いちばん上の姉の香津子と、夫の真、一人息子の晃太。晃太は慶應義塾中等部のブレザーを着ていた。

家族全員が席についたのを見て、祖母は仲居に指示を出す。

「はじめてちょうだい」


扇の蒔絵がほどこされた椀物の蓋を静かに開けると、ふわりとした湯気とともに、なんともいえない蟹の甘い香りが鼻腔をくすぐった。中にはとろみのある出汁でほっくりと煮た香箱蟹が盛られ、「わぁ〜っ」とめいめいから歓声が湧く。

「あぁうれしい。あたし香箱蟹がいちばん好きなの。まだいただけるのねぇ」

長女の香津子が一際うっとりした声を上げる。香津子は父譲りのすっきりした和風な顔立ちで、背筋がすっと伸びて仕草も美しく、四十二歳という年齢をまるで感じさせない。華子も蟹のなかでは香箱が特別好きで、外子といわれる茶色いつぶつぶの卵を箸でつまむと、ひょいと小さな口元へ運んだ。

「香箱蟹って、いつまで獲れるもんなの？」

麻友子の言葉に、仲居がすぐに反応する。

「香箱は漁期が大変短くなっておりまして、十一月から十二月までが旬でございます。こちらの香箱は年末に水揚げされたもので、この冬最後のものとなっております。どうぞ味わってお召し上がりくださいませ」

稀少なものだとわかるとみんな一層喜んで、美味しい美味しいと口々に言う。榛原家の面々が一堂に会するのは年に数回あるかないかというのに、いつもその会話の多くは料理の感想で埋め尽くされた。母の京子は料理上手で、一時期は知り合いに請われて教室をやっていたこともあり、とりわけ研究熱心である。この食材はなんだろう、この味はどこそこで食べたものに似ている、これはどうやって作るんだろうと真剣な面持ち。それから、最近食べた美味しいものの話題へと移った。麻布に会員制の焼肉屋があって、そこが美味しかったと麻友子が言えば、香津子はこのあいだ京都土産にもらったという豆餅の味を、思い出したように語る。そういう話のなかにときたま、それぞれの近況が混じるという具合。

ひとしきり会話が弾んだところで、香津子の息子である晃太に、みんなからお年玉が渡された。といっても香津子はお金に厳しく息子を躾けているため、お年玉の額は上限一万円にしてほしいとあらかじめ言われていた。それ以上渡したければ、親の自分が息子に代わって貯金しておきますというやり方である。本当なら家族の用事に顔を出すのが億劫な年頃であるのに、晃太はここでもらえる数万円のために渋々つき合っているのだった。

祖母の真向かいに座っている香津子が、

「晃太、サッカー部のキャプテンになったのよ」

となりに座る息子の背中をさすりながら、誇らしげに言った。晃太は今年、中学三年生になる。

「すごい、才能あるんじゃない？　Jリーガー目指しなよ」

麻友子が適当なことを言っておだてると、

「ほら、ラグビーよりサッカーの方が向いてんだよ」

晃太は父親に、睨むような視線を飛ばした。

「ラグビーはじめるのは高校からでも遅くないぞ」

向こうどなりに座る父親の真は、ラグビー経験者らしく胸板と肩のラインががっしりと厚い。商社に勤めるようになってからはもっぱらゴルフで、冬だというのに肌は浅黒かった。

「やだよ」

晃太は舌打ちでもする勢いで言う。たしかに晃太は真に比べると、ずっと線が細く、ラグビー向きの体形ではない。手足がひょろりと長く顔も小さくて、涼しげな目元が香津子にそっくりだ。

「晃太、わざわざ制服着てきたの？」

麻友子に茶化（ちゃか）されると、

「基準服ね」

思春期らしく吐き捨てるみたいな言い方でこたえ、みんなの笑いを誘った。慶應の中等部に制服はないが、食事のあとには家族写真の撮影が控えている。それで母親の香津子に言われ、わざわざグレーの式典用ブレザーを着ているのだ。

「そういえばせっかくのお正月なのに、晴れ着を着てくるような人もそんなにいないのねぇ」と香津子は残念がる。

「毛皮はちらほらいたけどね。おばあちゃまも昔は毛皮、よく着てたのに」と麻友子。

その言葉は祖母の耳には届かなかったのか、顔も上げず料理を味わうことに夢中だ。

「景気回復なんて言ってるけど全然ダメね。ラウンジにいる人たちも、ユニクロにいるのと変わんない格好じゃない」と香津子は一蹴した。

「姉さん、ユニクロ行くの？」

麻友子につっこまれ、

「そりゃ行くわよ」

香津子はくすくす笑う。

ここで父の宗郎（むねお）が景気に話題を移し、アベノミクスでまだまだ株価は上がるだろうと講釈をはじめた。宗郎は麻生家の邸宅からほど近くの松濤で、整形外科医院を代々経営する開業医である。株の動向にはそれなりに目を光らせているものの、軽々しく儲け話に乗る人を遠巻きに眺めており、表立ってお金の話をすることはない。が、当然それは大きな関心ごとの一つであった。祖母と香津子の夫の真も加わって資産運用や祖父が残した土地の話なども持ち出されるなか、華子は黙々と箸を動かしている。

同じく退屈したのか母の京子が、

「でもほんと、ここでお正月のお食事をするようになってから楽ねぇ」

祖父に悪いと思いつつ本音をこぼすように、ふふふと忍び笑いした。

父方の祖父母が早くに亡くなっていたこともあって、家族の行事は母方の実家に出向くのが習わしだった。祖父が生きていたころは正月ともなると盛装して広尾の家に集まり、お節やお雑煮をいただいたものだ。祖母は手まめなたちだから、門松から繭玉飾り、柳箸の箸袋にいたるまで手づくりしていたし、家中に趣向を凝らしたお花が活けられて実に華やかだった。元日当日、祖母が吉祥文様の帯の上に結んだ真っ白いエプロンを着けたり外したりしながら、次から次へとお年始の挨拶に来る人の応対をしていた様子は、華子もかすかに憶えている。ガスのストーブで暖められた座敷の床の間に、でんと存在感たっぷりに飾られた鏡餅をしげしげ見ていた記憶もあるし、いつになく忙しそうにスリッパをぱたぱたさせるお手伝いさんの、タイトスカートを穿いた大きなお尻なんかもなぜかよく憶えていて、みんなが正月特有のかすかな緊張感を漂わせているのをよそに、華子はなにをしても許される末の孫娘として、家のあちこちに主役気取りで顔を出しては、歓待を受けて喜んでいた。

祖父はお酒が入ると、まだ子供の華子の頭を大きな手のひらで撫でながら、

「華子が大人になったらいい人を見つけてやるからな」

とことあるごとに言った。

華子の父と母を縁組みしたのもこの祖父である。祖父の時代は、娘の結婚を家長が斡旋するのが当たり前だった。

「華子はどんなところへお嫁に行きたいんだ？」

そんなことを訊かれた幼い華子が、どういう顔をすればいいかわからず、ただただ赤面しながらこたえに窮したのも懐かしい思い出である。ほどなく華子が十代を迎えたころに祖父は入院し、介護の時代が続くこととなる。

それでも正月ともなれば、お節は祖母と母とお手伝いさんが何日もかけて仕込んでいたが、祖父が他界してからは榛原家の正月の過ごし方もすっかり変わった。

大正生まれの祖父が興した測量会社は、戦後のインフラ整備や公共事業増加の波に乗って仕事に恵まれ、国土地理院とも密接な関係を築いて一代で大きくなったが、いまは母の弟一家が経営を引き継いでおり、親戚づき合いも法事に限られるようになってしま

った。会社の株式などがどう分配されているかは華子のあずかり知るところではなく、財産は法人化して管理しているという話は耳にしたことがある。祖父がいなければ年始の挨拶に来る人もいなくなり、つき合いのあった友人も一人また一人と鬼籍に入って、祖母の交友関係はずいぶんひっそりするようになった。そして手のかかる存在だった祖父がいなくなったとたん、張り合いがなくなったのか、正月の支度も省略するようになった。必要なものは渋谷の東急本店の外商に持ってこさせ、お節はなじみの料理屋に予約を入れて、自分で作るのはお雑煮だけ。しまいになにもする気がなくなって、ここ数年は年末と三が日を、帝国ホテルに泊まってのんびり過ごすのを習慣にしている。

はじめて祖母が帝国ホテルで年末年始を過ごすことにした年、女たちはみな興味津々に地下のアーケードや帝国ホテルプラザの店を覗いた。シャネルのほか毛皮や宝飾の専門店、呉服屋、アンティークショップなど、昭和の匂いが残るこぢんまりしたショップがいくつも並んで、歩くだけでも目に楽しい。母や姉たちも、ここでウィンドウショッピングするのをたいそう気に入っていた。以来元日は、祖母を囲んで昼食を済ませ、記念撮影を終えたあと、香津子たち一家は夫の実家へ向かうが、母や華子は祖母とともに、プラザの店を隅から隅まで見て回るのを楽しみにしていた。

これは香津子にどうかしら、これは華子に似合うんじゃないかしらと、祖母は人の分ばかり楽しそうに見繕う。稀に買ってもらうことになれば、「わぁ、ありがとうおばあちゃま」と喜んだ顔を見せるものの、ここには華子が心から欲しいものは売っておらず、結局一度も身につけていない真珠のイヤリングや、いまどきどこに着て行けるんだというような手の込んだ編み込みセーターなんかが、家のクローゼットに眠っていたりするのである。

その点、長女の香津子はぬかりがない。祖母と顔を合わせる機会には、必ず祖母に買ってもらったものを身につけて来た。ある年はハリー・ウィンストンのリリークラスターの指輪、ある年は祖母から譲られた毛皮の襟巻き、祖母から譲ってもらった——というか半ば押し付けられた——スカーフを、バーキンの取手に巻いて来たこともあった。

一方、どんなこともはきはきと口にする麻友子は、なにを勧められても自分のお眼鏡に適わなければ「いらない」「欲しければ自分で買う」の一点張りで、祖母にしてみればやはりその態度は可愛くないらしい。けれど麻友子のような人がいないと、らちが明かないことが多いのもまた事実なのだった。

「あのさぁ、華子が紹介したい人って、どこ？」

麻友子はまったく悪びれた素振りもなく、個室の中をきょろきょろ見回して言った。

長テーブルのあちらとこちらに並んで座っている榛原家は一斉に、もっとも入り口に近い、空っぽのままの椅子に視線を投げた。

当の華子は、黙ったまま箸を動かしている。

　華子はいつもにこにこと愛想よく行儀よくしているだけで、どうもはっきりものを言わないところがあるから、家族はみな彼女の心の内を、それとなく斟酌してやる癖のようなものがついていた。なかでも察しのいい母の京子は、華子が家族に相談もなしに会社を辞めてしまったのも、どうやら以前からつき合っていた恋人にプロポーズされ、いよいよ結婚準備に入るつもりなのではないかと推し量っていたのだった。

　それで年末に気をつかって京子の方から、

「もし家族に紹介したいボーイフレンドがいるなら、お正月にみんなでおばあちゃまとお食事するときに連れていらっしゃいよ」

　カジュアルを装って誘い水を向けていたのである。

　これには華子もまんざらでもない様子で、

「それじゃあ席を一つ、余分にとっておいてもらっていい？」

　と頼んでいたのだが、いざ当日を迎えてみると、それらしい人は来ない。来る気配もない。母の京子と、京子から情報が回っている香津子は、華子の恋人の不在に肩透かしを食らっていた。これはなにかあったのではと察知しつつ普段どおりに振る舞っていたが、同じくそのことを知らされていた麻友子が、素晴らしい無神経ぶりで切り込んだという次第だった。

「え、もしかしてあたし、まずいこと言った？」

「あら、なぁに？　なんの話？」

事情を知らない祖母はもとより、宗郎も、真も、首を傾げる。

京子があくまでも軽い調子で、

「いえ実はね、華子がおつき合いしている方をお招きしたらいいんじゃないかしらと思って、お席だけ取ってみたんだけど、どうやらいらっしゃらないみたい」

とりなすように言った。

これに対して祖母は、ピシャリとこう言い放った。

「席だけ取ってみたなんて、来るか来ないかはっきりしないような人、お店にだって迷惑じゃないの。華ちゃん、あんまり適当な人とおつき合いしちゃだめよ」

説教口調で祖母に言われ、華子はこくんとうなずいてみせたが、その表情は暗い。

「顔色、悪いんじゃない？」

母に心配され、華子は青息吐息で「大丈夫」を連呼するが、大丈夫ではなかった。

実のところ今日、この場に招こうとしていた恋人とは、ついさっき別れたところだった。華子が一方的にフラれた形である。

華子の元恋人は慶應幼稚舎出身、大手証券会社に勤め、親は都内にビルやマンションを持っているという、ある意味とても典型的な、華子にとって理想の結婚相手だった。

三つ年上でつき合いはじめたとき彼は二十八歳。友達を大事にしたいという美辞麗句で、しょっちゅう華子とのデートより学生時代からの友達との遊びを優先した。楽しげな休日の写真を頻繁(ひんぱん)にフェイスブックに投稿するところからも、彼がまだまだ気楽な独身でいたい気持ちは伝わってきた。

　華子の方はというと、つき合った当初からこの人と結婚するんだと心に決めていた。二十五歳で交際スタートという時点で出遅れていると思ったし、交際中もやきもきしっぱなしだった。結婚しようという言葉をいまかいまかと待ちわびながら二年も浪費してしまったことに、華子はたまらない焦燥をおぼえる。女にとって二十代のうちの二年がどれだけ貴重な時間か、男の人には永遠にわからないだろう。人生の充実ぶりを切り取った自慢げな写真に溢れた彼のフェイスブックを見るたび、華子はなんとも言えない暗い気持ちになった。しかし、彼の前でそんな気持ちを露(あらわ)にすることはもちろんない。

〈フェイスブック見たよ。楽しそうだね！〉

という当たり障りのない感想を絵文字入りで送ることで、自らの寛容さをアピールするのがせいぜいだった。

　結婚のこと、どう考えてるの？

　二十代後半の女性とつき合うのがどういうことか、ちゃんとわかってる？

　腹の中では問いただしてやりたいことが日々積もっていくが、華子は面と向かって男に本音を言えるような女ではない。そんなことはおくびにも出さず、甲斐甲斐しく世話を焼いたり言いなりになることでしか、自分の気持ちを表現できなかった。

去年の正月にはこんなことがあった。

二人で初詣に行ったあと彼のマンションに戻ると、華子はいそいそとエプロンをつけ、お雑煮を作りだした。買っておいた食材をキッチンに広げ、家から高級な塗りのお椀まで持参しているという手の込みよう。すまし汁仕立てのお雑煮には焼きたての切り餅と、小松菜と鶏肉が入って黄柚子があしらわれている。

「うおぉすげぇ！　これ俺んちの実家の味を完コピできてるよ」

彼も最初は感激していたが、何度もしつこく実家のお雑煮のことを訊いてきたのはこのためだったのかと察知したようで、華子の用意周到さがどうにも重たくうざったく、来年はもうお雑煮を作らないでいいからと釘を刺してきたのだった。

こんなふうに華子は、愚かなまでに不器用で古臭い良妻賢母アピールをすることがあった。少し考えれば男が引くような行動だと気づくものだろう。しかし華子にはそれがわからなかった。

これは華子が、小学校から大学までカトリック系の女子校に通い、極めて厳しく、そして質素に、ほとんど俗世から隔絶されたような特殊な環境で育ったことが大きい。長らく同世代の男子の存在しない無菌状態で生きてきたから、とにかく男という生き物が不可解であるし、どう接すればいいのかわからない。だから時折り、結婚したくて必死な女をバカにした類型のコントのような、とんでもなくベタな失態をおかすことがあった。

しかしつき合ってみるまでは、そんな女だとはちっとも感じさせない。華子の容姿なら合コンに行けばちやほやされ、出身校を明かすだけで手厚くもてなされた。けれど気を良くして交際に発展すると、すぐさま雲行きは怪しくなるのである。三ヶ月も経たず邪険にされるようになり、半年を過ぎたころにはあからさまに疎(うと)まれ、そのうちに向こうから別れ話を切り出されるのが常だった。

それもそのはず、つき合ってみると華子は、まったくおもしろみのない女なのだ。男性の前では、うまく自分を出せないのである。

合コンではモテるものの、いざつき合ってみるとすぐにフラれるのはいまにはじまったことではないし、華子は恋人がいないことに慣れてもいた。余暇は母や友人と買い物や旅行に行ったり、お稽古事に通ったりして過ごすのが平和で楽しかった。もちろん華子にだって恋人が欲しいという気持ちはあって、早くいい人と出会いたいというぼんやりした夢はいつも抱いていた。「華子にいい人を見つけてやるからな」という祖父の言葉がどのくらい刷り込まれていたかはわからないが、結婚は誰もが当たり前のようにたどり着けるゴールとして、幼少期からインプットされていたのである。結婚という幸せは、自分からなんの行動を起こさずとも、年頃になれば天からもたらされるような気がしていた。いつか必ず王子様が現れるという漠然とした確信のもと、部屋の中でおとなしくテレビでも見て笑いながら、その登場をのん気に待って過ごした。

その前提が揺らいだのが去年のことだった。

小学校からのつき合いである仲良しグループ、六人のうち二人が慌ただしくゴールインし、ほかの二人にも婚約中の彼がいて、すっかり置いていかれた華子の心は、突如、火だるまのようになった。

焦りが華子を駆り立てた。

いきなり会社を辞め、家族を紹介したいと彼をせっつくようになった。元日の食事会にちょっとでもいいから顔をだしてほしい。食事のあとで、ラウンジでお茶するだけでもいいから。華子は躍起になって、

「ねーえ、お願い、みんな会いたがってるんだ。お願い」

などと粘着質な声を出しては、媚びた目でしつこく訴えた。

さらには元日の食事会にはこのスーツを着てきてほしいだの、できればなにか気の利いた手土産を祖母に渡してほしいなんてことまで言うようになり、ほとほと愛想を尽かされてしまったのだった。

〈ごめんやっぱ無理だわ。今日の食事会はパスで〉

そんなぞんざいなLINE(ライン)が入ったのが今朝のこと。

華子が慌てて彼のマンションに駆け込んで話し合いを持ちかけたが、とにかくまだ結婚する気はない、タイミングが悪いの一点張り。なんとか食い下がるも華子が口で勝てるわけもなく、逆に別れを切り出されてしまった。そうして失意のうちに乗り込んだタクシーで、華子は帝国ホテルに滑り込んだのである。


「ねえ、華子。どうなのよ?」

ふっと我に返ると、華子は家族に取り囲まれ、尋問のような格好で注目を集めていた。

「あたしたちになにか報告することあるんじゃないのって話」

麻友子が逃げ道を塞ぐように言った。

ついさっき起きた、みじめで哀れで滑稽(こっけい)なふられ話を、この場で吐き出してしまえたら少しは気が楽になるのだろうか。体の内側からいまにも漏れ出そうな感情を、華子は再び胸に押し込めたが、なにか辛(つら)い事情を抱えていることは誰の目にも明らかだった。

華子はうつむき加減に言った。

「あの、実は今日ここに連れてこようと思った人とは、もう別れて……」

一斉に沈痛なため息が漏れた。

家族はお互いの顔を見合わせ、事情を飲み込んだふうであった。

沈黙を破ったのはまたしても麻友子だ。

「ねえ、誰か男紹介できないの？」

「え、別れたばっかりでもう？　いくらなんでも早すぎるんじゃ」と真。

「そんなことないわよ。二十代のうちに結婚するなら、のんびり落ち込んで余韻に浸ってる時間なんてないでしょ」

香津子も気持ちの切り替えを勧め、

「あなた、会社にいい人いない？」と真をせっついた。

一方で、母の京子は宗郎に水を向け、

「お父さん、ほら、あの話あの話」しきりにサインを送っている。

「あの話って？」

香津子が首を傾げていると麻友子は、

「あの話よ」ニヤリと笑って「父さん、チャンス到来」と父の宗郎に話を振った。

宗郎に代わって、母の京子が説明をはじめた。

「あのねぇ、華子の結婚なんだけど、できればお父さん、整形外科のお医者さんと一緒になってもらいたいって、ずっと思ってたのよ」

「……えっ？」思いがけない話に華子は驚いた。母はこう続ける。

「華子に結婚を前提におつき合いしている人がいるのを知って、お父さんなかなか言い出せなかったらしいんだけど、ほら、うちの病院、このままだと誰も継ぐ人がいないでしょ？　麻友子に期待してたんだけど、だめになっちゃったじゃない。せっかくリハビリ科も作ったのに、このままお父さんの代で終わりにするのは、やっぱり忍びないって。もうずっとぐずぐず悩んでるのよね」

男子に恵まれなかった夫婦にとって、榛原整形外科医院の後継者問題は常に頭痛の種だった。長女の香津子は家の事情の犠牲になるのは嫌と、早々に商社マンの真と結婚してしまったし、次女の麻友子は医大に進学したものの、整形外科ではなく皮膚科を専攻した。その麻友子が三十歳を過ぎても結婚する素振りを見せないので、たびたびお見合いをすすめて、具合よく整形外科医と結婚する運びとなった。ところが八ヶ月でスピード離婚してしまったことですべてはご破算に。そんな経緯もあって宗郎も末っ子の華子にお鉢を回すようなまねはしたくなかったのだが、七十歳になる前に、なんとかこの問題にけりをつけたい気持ちは膨らんでいる。

「できれば華子に整形外科医と結婚してもらって、医院を継いでもらいたいと思っているってことは、わかっておいてもらいたいんだ」宗郎は言った。

華子が考える隙（すき）もなく、京子が横からこう差し挟む。

「でもねお母さんはね、好きな人と一緒になるのが華子にとっていちばんの幸せだと思ってるの。だから家の都合で好きな人との仲を裂くようなことはしたくないし、ましてや家業のために好きでもない人と結婚するなんてことは、してほしくないのね。どうしても男の子が欲しいって三人目をつくって、産んでみたら女の子だったとき、もうこれ以上子供に跡取りの問題を背負わせるのはやめようって誓ったんだから。だからお父さんにも、医院のことを持ち出すのはやめた方がいいんじゃないかしらって言ってたのよ。でもね、もしよ、もし、華子に会ってみる気持ちがあるなら。……何人かは紹介できるんでしょう？」

京子に訊かれた宗郎の返事を、誰もが息をのんで待った。

「もちろん」

宗郎の言葉に、全員がおぉーっと歓声をあげる。

「え、なに？　なにがあったの？」

スマホをいじってばかりで話をまったく聞いていなかった晃太が顔を上げてたずねた。

「華子がお見合いするのよ」

香津子に教えられたがやはり興味はないらしく、「ふぅーん」と言って晃太は再びスマホに視線を落とした。

食事のあとは予定どおり、家族写真を撮りにホテルの中にあるスタジオへ向かった。

毎年元日にみんなで集まったときは、記念にここで写真を撮るのが決まりになっていた。祖母も母も、昔から写真館で記念写真を撮るのが好きで、家には書棚に収まりきらないほどのアルバムがあるし、よく撮れているものは額装して、リビングのあちこちに並べていた。榛原家をはじめて訪ねる客は、お気に入りの写真で構成された家族のアルバムをまず見せられるのだ。祖母と母にとってこの素晴らしい家族は、彼女たちの〝成果〟のようなもの、そういう大切なものはちゃんと写真館で撮ってもらわなくちゃという考えなのである。

三姉妹のうち唯一家庭を持っている香津子にも、もちろんそういうところは受け継がれていて、晃太が小学生のころまではスクラップブッキングにかなり凝っていた。愛らしく飾り付けられた晃太の写真が壁を覆わんばかりに飾られていたときもあった。結婚写真や夫婦二人で撮った旅先でのスナップ、幼稚舎時代の晃太が海浜学校で館山に行った写真も、記念になるものはすべてきれいに綴じられ、いつ誰が来ても見せられるような状態で部屋に置かれているのだ。

写真スタジオのバックスクリーンの前に並びながら、女たちはまだ先ほどの話の続きに興じている。

「ねえ、もし結婚決まったら、どこで式挙げるつもり？」

「日取りがいいところは早く埋まるからね」

「遅くても半年前には決めないと」

「あんまり急いでやるのはみっともないわよ」

香津子と麻友子が本人そっちのけで、やんやと話を弾ませる。

母と祖母は長椅子に斜に腰掛け、宗郎は背もたれの高い椅子に座り、後ろに娘たちが勢揃いするが、三姉妹と真と晃太の取り合わせは、誰をどこに並ばせても、どうにも収まりが悪くなった。

「やっぱり帝国にしなさいよ。うちもここで挙げたのよ」と香津子。

「あたしはグランドハイアットだった」と麻友子が言うが、

「あんた離婚してるんだから縁起悪いじゃない」香津子に肩を小突かれている。

カメラマンが大きな手振りで、「では撮りまーす」と声を張り上げた。

「華ちゃんが一人で写るのも、あと何回かしらねぇ」

祖母がぽそりとつぶやいたそんな言葉を聞くと、華子はなんだか涙がこみ上げてきそうになる。華子は今年のうちにお嫁に行くのを新年の誓いにして、レンズをじっと見つめ、一人センチメンタルな気分に浸った。

相手とは、まだ出会ってもいないけれど。

2

華子は器量よしで家柄もよいが、子供のころから親指の爪を噛む嫌な癖がある。母に見つかるたび厳しく咎められ、本人も気にしていたが、これが大人になってもなかなか直らない。普段はほんの甘嚙みだが、酷いときは血が出るまで嚙んでしまい、ストレスの度合いによって爪はボロボロになった。どれだけ身ぎれいにしても、女性の爪が汚いと台無しであると母は言う。思えば華子はこの母に、悩みというものを打ち明けたことがない。

母の京子は華子と同じ名門私立の女子大を卒業後、一度も外で働くことなく医者に嫁いだ、典型的な箱入りだった。趣味はお茶と歌舞伎鑑賞とポーセリンペインティング。平日は昔からの女友達と時間をかけてランチし、美術館に行ったりバレエを観たりするのに忙しい。彼女自身の社会経験の低さに反比例した夫の社会的地位の高さのせいか、本人に自覚はないが驕慢な態度が骨の髄までしみつき、悪意のない決めつけや高みに立った正論ばかり口にした。だから爪を嚙むなと叱られ、慌てて後ろ手に隠したことはあっても、「わたしもこの癖をどうにかしたいと思ってるの」と助けは求められなかった。そもそも、華子は誰に対してもそうだ。悩みを気軽に人に打ち明けられないし、ましてや相談があるなどと言って人を誘うこともできない。小学校からの友人との仲はいまも続いているが、完全に心を許しているかというとそうでもなく、彼女たちにすら弱い部分を見せたことはなかった。

　華子が爪を噛む癖を相談できたのは、月二回の頻度で通っている青山のネイルサロンの、西田燿子（にしだようこ）さんというネイリストだけだ。燿子さんは華子の爪の状態を見ると、すぐに噛み癖のことを察してくれ、なおかつ言葉を選んで対応してくれた。

「親指だけちょっとガードしたいんでビジュー付けてもいい？　大丈夫、そんな派手にしないからね」

　無難なフレンチネイルをオーダーしたが、燿子さんの手にかかれば指先がぐっと洗練されたし、つい口元に親指をやったときも、大粒のビジューが唇に触れるとはっと我に返って噛まずに済み、抑止力となった。それ以来、ネイルのデザインは燿子さんにお任せしているし、秘密主義的なところのある華子にしては、気を許してあれこれと近況を話したりもしている。燿子さんは三十代半ばにはとても見えないほど若いが、話してみると度量が広くて距離の取り方もちょうどよく、頼れるおねえさんという感じである。商社勤めの旦那さまと二匹のプードルとともに代々木上原（よよぎうえはら）のマンションに住み、このサロンのオーナーでもある。横浜（よこはま）にある中高一貫のプロテスタント系私立女子校に通っていたという話を聞いてからは、よりいっそう親近感を抱くようになった。女子校出身者ならではの話で盛り上がりつつも燿子さんは、華子の出身校に比べたらウチなんて庶民の行く学校だからと謙遜を忘れない。燿子さんは空気が読めて目端が利くので、彼女に隠しごとなどできないのだ。

一月の半ば、華子が予約の時間に店に現れたときも燿子さんは、目ざとくその表情に屈託を読み取って、「なにかあった?」とたずねた。

「いえいえ、全然っ。なにもないです。大丈夫です」

「嘘(うそ)ぉー。榛原さん素直だから、顔に出てるよ」

燿子さんは抱きつかんばかりに華子を歓迎し、席に案内した。

青山のヴィンテージマンションの一室。十二畳ほどの空間はどこもかしこも白でまとめられ、当たり障りのない環境音楽が流れる中、スタッフと女性客との会話があちこちで弾んでいる。スタッフは白シャツに黒いエプロンを着けているが、オーナーである燿子さんだけは、胸元が大きく開いた黒いTシャツ一枚というシンプルな格好だ。手入れの行き届いた明るい髪色のせいか、細すぎる体つきのせいか、芸能人かと見紛(みまが)うような垢抜(あかぬ)けた雰囲気である。

「ちょっと元気足してあげよ」

燿子さんはひとりごとみたいに言って立ち上がり、棚からレモンイエローの小瓶を持って戻ってきた。

「あ、その色はちょっと……」

「大丈夫、基本はいつものフレンチだよ。白の部分だけイエローに変えるつもり。嫌？」

「……もう少しおとなしめの黄色ってあります？」

「もっとたまご色に近いのにする？」

華子はほっとしてうなずき、心がほぐれると、観念して打ち明けることにした。

「実はお正月に彼氏と別れちゃって……」

「あぁ、そうなんだ。それは辛いね。でも、年末年始に別れるカップルって多いらしいよ。クリスマスに揉めたり、お正月をバラバラで過ごしてだめになったりとか。よく聞く」

その言葉に、華子は自分だけではないのだとほんのり慰められる。

「榛原さん、いくつだっけ？」

「誕生日が来たら、今年で二十七になります」

「そういうときは二十六歳でいいの！　誕生日が来る前日まで、二十六歳って言い張っていいから！」

燿子さんは人生の先輩らしくおおらかだ。笑わせてくれて、アドバイスもしてくれる。

華子は、自分は二十六歳なんだと思い直した。誕生日は五月だから、あっという間に年を取るのは目に見えているけれど。

「だって二十七歳になりたくないでしょう?」

耀子さんはジェルネイルを何層にも塗り重ねながら華子に話しかけた。

職人らしい器用な手つきに華子は見惚(みと)れながら、「なりたくないですね」と苦笑いでこたえる。

「楽しいけどね、アラサー」

耀子さんは自分のアラサー時代を語りはじめた。最初は親族がやっているアパレル企業でプレスをしていたが、ネイルアートに目覚めて二十五歳で会社を辞め、ハワイのネイルアカデミーに短期留学。帰国してから数年間働いて経験を積み、三十歳を前に独立してこのお店を持った。三十代になって結果が出るから、二十代のうちは自分への投資だと思ってどんどん好きなことをやってみればいいよと発破(はっぱ)をかけられるが、華子には耀子さんほどの野心も自立心もないので、どこか上の空だ。華子はただただ普通に生きたいと思っている。華子にとっての普通とは、結婚して、子供を産み、私立のちゃんとした学校に通わせて、家庭を守ること。海外旅行に年に一度行ければ充分だ。あとはなにか楽しい趣味でも見つけて、のんびり生きていきたい。

もし三十を過ぎても結婚できなかったらと思うと、華子は身がすくんでしまう。できるだけ早く結婚しなくては、いい人と巡り合わなくてはと焦りを募らせる。UVライトの下に指を入れてジェルネイルが固まるのを待つ時間さえ惜しいくらい、華子は焦燥感でじりじりしている。

仕事を辞めて以来時間を持て余すようになった華子と、平日の昼間に気軽に会ってくれる友達といえば、相楽さんくらいだ。小中高と同じ学校だった相楽逸子は、大学からドイツに音楽留学しており、ビザの都合でいまは日本とドイツに半々ほどで暮らしている。久々にお茶でもどう？　と連絡すると、「ウェスティンでいい？」とすぐに返信が来て、手際よくアフタヌーンティーの予約を入れてくれた。

父に任せているお見合い話に進展がないまま一月が過ぎ、季節は立春を迎えようとしていた。恵比寿のウェスティンホテルのロビーラウンジでは、着物を召したご婦人グループがかん高い声を上げて笑い、席のほとんどが埋まって賑やかである。制服姿のスタッフが忙しく動き回り、入り口に立った華子はなかなか気づいてもらえない。首を伸ばして中をうかがっていると、先に着いていた相楽さんが華子に向かってこっちこっちと手を振った。黒いワンレングスのロングヘアー、見るからに帰国子女といった雰囲気で、ゆったりと配置されたソファに体を沈め、脚を組む相楽さん。ドイツ暮らしで培われた、ヨーロッパ風のノンシャランとした態度が板について、気取りもなく、グループのほかの子とは見た目も性格もかなり毛色が違っている。

「みんなでクリスマスパーティーしてから会うの初めてだよね？　あれ、ほんと最悪じゃなかった？」

　ざっくばらんに言いながら、相楽さんは運ばれてきたケーキスタンドの下の段に手を伸ばし、サンドイッチをつまみ上げた。

「結婚すると変わるっていうけど、ほんとなんだね〜。あたしびっくりしたわ。だって旦那さんの話しかしないんだもん。世界狭すぎ」

　華子はティーカップに唇を付けながら、目だけでうなずいてみせる。

　たしかにこの間、小学校からの仲良し六人グループで集まったときは、既婚組の二人が結婚話に、婚約中の二人が挙式披露宴の話に終始していて、立場の違う自分たちとは話がまったく嚙み合わず、なんだか白けてしまった。クリスマスパーティーといってもただのランチ会だったが、結婚したら自由に夜遊びもできないのかと相楽さんは本人たちの前で気を吐き、既婚の二人は女子高生のように「だってぇー」と語尾を伸ばして顔を見合わせるばかりだった。彼女たちが話すことといえば家庭の愚痴ばかりで、本人たちにとっては家事や夫に構ってもらえないのは深刻な悩みかもしれないが、独身の華子と相楽さんの耳には取るに足らない些末なことに思えて仕方ない。彼女たちは言うなれば、結婚によって男の操縦する立派で頑丈な船に乗せてもらったようなものなのだ。一方の華子は小波にも転覆しそうなボートで、自らがオールを握っている心許なさ。クルーザーのデッキで優雅に太陽でも浴びていそうな、妻という盤石な地位を得た女たちの悩みなど、お気楽極まりないのである。「暇だから早く子供がほしい」と言う二人に対し、「ちょっとやめてよそれ、なんかグロテスクだから」と相楽さんが食ってかかったときはさすがに場が凍って、既婚及び婚約組と独身組の亀裂は決定的になってしまった。

ウェスティン特製のシュークリームを一口で頰張ると、相楽さんはクリスマスパーティーでの一件を蒸し返した。

「暇だから子供ほしいって何!?　なんかえげつないんだよね、言い方とかいちいち。あの二人、昔はもっとさっぱりしてたのに」

相楽さんは留学でつき合いが飛び飛びになっているからあまり気づいていないようだが、華子たちは大学以降、おそろしいほど変わってしまったのだ。それまでは厳格なシスターに怯えながら、女子だけの平和な世界で男も女もなく振る舞っていたが、高校を卒業して野暮ったい制服を脱ぎ捨ててからは、女子大といえど交友関係は大いに広がって、彼氏をつくることが最大の関心事となった。男性の視線にさらされ、女としての魅力を品定めされることが日常的となると、否応なしに色気づき、着飾ったり、ときには媚を売ったり、男に好かれるような物言いや態度を、彼女たちは大慌てで習得していったのである。街に出ては買い物と合コンの日々。その結果、彼女たちがある種の無垢さを失ったのは、仕方のないことだった。

自分たちの友情が、女だけの世界で平和に調和していたころを思い、華子はかすかに胸を痛める。しかし気が治まらずに、相楽さんの口ぶりに同調し、こんなふうに合いの手を入れた。

「わたしも聞いててアレ？　って思うことはいっぱいあった。なんか、変わっちゃったよね」

「子供も二人で示し合わせて、同じ年に産んだりして。なんか気持ち悪い。そうなったら完全に縁切れるよ、こことは」

相楽さんは「ここ」と言いながら、自分と華子を交互に指さした。まるで自分が「行き遅れ」側に括（くく）られたようで、華子はかすかにむっとする。本来なら、華子はこちら側の立場ではないはずだった。

既婚組の一人は、決して男好きするような見た目ではなかった。顔立ちが濃く、御髪（おぐし）が豊かなついでに眉毛も立派で、子供のころははっきりと口ひげが生えていた。鹿児島（かごしま）にルーツがあるとかで、あだ名は必然的に〝西郷（さいごう）どん〟であったが、彼女が女としての自我に目覚めてからは黒歴史化してそれは禁句になった。西郷どんと〝華ちゃん〟である自分を同じ秤（はかり）にのせたことなど一度もなかったが、結婚によって大きく差がついてしまったことで、自分のどこが劣っていたのか、なにが食い違ってこうなったのか、イジイジと考えてしまう華子がいる。そしていつの間にか、西郷どんだったくせにと、腹の底で憎々しく思っている自分がいた。婚活は、女の心をどこまでも醜くさせる。

既婚組との間に溝が生まれたことで、相楽さんとの友情が急に深まった気がする。彼女にならいいかと、華子は告白した。

「実はわたし、彼氏と別れたの。お正月に」

「え、そうなの!?　知らなかった。仕事も辞めたから、てっきり結婚準備に入ったのかと思ってた。じゃあ……誰か紹介しようか？　あたし、つき合うなら外国人って決めてるから。知り合いの男はみんな紹介するよ」

相楽さんはスマホを取り出しフェイスブックを指差しながら、手当たり次第に情報を開示しはじめた。

「これは中小企業の御曹司（おんぞうし）で下から慶應なんだけど、いまは修業で丸紅（まるべに）行ってる。こっちは実家が信州（しんしゅう）で、地元じゃかなりの名家なんだって。この人は文具メーカーの創業者の孫。これはたしか親が税理士事務所やってて、本人も資格取れたんじゃなかったかな。この人はドイツで知り合ったんだけど、かなり優秀な意識高い系の商社マンで、シンガポールでベンチャーを起業したいって言ってた。いちばん将来性あるけど、結婚したら東南アジアに連れて行かれちゃうかもね。華子と釣り合いそうなので、目ぼしいのはこんなとこかなぁ～。どれでも紹介するよ？　どれがいい？」

華子は笑いながら相楽さんを止めた。

「待って待って。大丈夫なの。ほら、うち病院経営してるじゃない？　継いでくれそうな人を父が紹介してくれることになってるから。だから、ありがとう」

ところが相楽さんは、

「なに言ってんの、親が連れてくるお見合い相手にろくなのはいないよ」と不吉な予言をして、「保険かけていろんな人に会うのは悪くないと思うけどな」と助言した。

途端に不安になった華子は、父経由のお見合いと並行して、相楽さんのお友達とも会ってみることにした。


父からのお見合いより先に、相楽さんがセッティングしたブラインドデートの予定が立て続けに入る。華子は相手に指定されるがまま、都内あちこちのレストランやホテルのラウンジに足を運んだ。初デートに相応しい格好をするだけでなく、タクシーで到着するところを見られると経済観念のない女だと思われそうで、わざと少し離れたところで降ろしてもらって待ち合わせ場所まで歩くなど、つかえるだけの気をつかう。電車で行くのは論外だった。脚がきれいに見えるようにうんと高いヒールを履いているから、五十メートル歩くのも気が遠くなりそうなのだ。

人垣の中に華子の姿を見つけたお相手の男性は、決まってほっとしたように表情をゆるめた。華子は色白で優しい目元の見るからにおっとり型だから、男性を決して威圧しない。初対面の印象でいえば、華子は百点である。さらに話してみても控えめで、育ちの良さが仕草や言葉の端に滲み出る。彼らが相楽さんから伝え聞いている華子の家柄や経歴も、もちろん申し分なかった。

しかし、華子が会社を辞めていまは特になにもしていないと言うと、どの人もあからさまに顔を曇らせた。

「へぇ、そうなんだ」と言ったきり興味を失くしたのを隠さない人もいれば、

「なにもしてないってどういうこと？」と単刀直入にたずねる人もいたし、

「ニートなの？」と無遠慮に訊いてくる人もいた。

「いや、ニートではないんですけど……」華子はなけなしの自尊心を振り絞って笑顔で言いながら、

「しいて言うなら家事手伝いです」

と訂正するも、裏目に出た。「家事手伝い」という謎の肩書きが、余計に男性を引かせてしまった。

多くが二十代の彼らは、妻に寄生されることに非常な嫌悪感を抱いているようだった。彼らは基本的には、それなりの学歴とキャリアがある女性を妻にしたいと思っているらしい。はなから専業主婦願望丸出しの無職の女は願い下げというわけだ。まるで自分だ

けがかび臭い昭和の価値観においてけぼりになっているようで、ただただ肩身が狭い。そんなわけで話しているあいだじゅう、華子はずいぶん惨めな思いをした。

意識高い系の商社マンには、

「なんでもいいからバイトくらいはした方がいいんじゃないですか」

とアドバイスまでされる始末。

その方が、精神衛生上いいのだそうだ。

アルバイトというものを華子はしたことがなかった。友達に誘われてなにかのイベントに駆り出され、文化祭の延長のようなことを言われるままにこなし、最後にお金をもらったことはある。知り合いの外国人夫婦の子供を預かったときは、思いがけず高額のお小遣いをもらったりもした。けれど、シフトや時給、タイムカードといったものが絡んでくるような雇用形態では、一度も働いたことがない。そういった労働を、学生時代にやっておけばよかったとは思う。けれどそれは、年内に結婚しなければと追い詰められているいまこのタイミングですることではない。華子はアルバイトの代わりに、ある場所に通いはじめた。


華子が入学した着付けの学校には、師範のコースがあった。ただ着物を着られるようになりたいだけなら中級コースに通うところだが、それではＯＬのお稽古事になってしまう。華子は師範コースを選択し、四月からは週二回の授業に足掛け一年通う、にわか学生の身分となった。「そういうことに時間を割けるのは独身のうちだけだから、思いきりやんなさい」と、華子の突然の趣味を奨励した祖母と母が、授業料の負担を申し出てくれた。

師範コースに来ている生徒は、華子を除く全員が既婚者であった。二十代なのは華子一人で、三十代が一人、あとは十把一絡げ(じっぱひとから)に〝おばさま〟と華子は認識している。最初の授業はオリエンテーションのような感じで、畳の上に輪になって座った全員が、順に自己紹介していく。子育てが一段落した主婦が多いものの、金融関係の会社で派遣として働いている人や、家業のお店を手伝っている人、点字のボランティアに励んでいる人、趣味が高じてカルトナージュ教室の講師をやっている人など、純粋に専業主婦という女性は案外少ない。そんな中、華子はこう自己紹介した。

「榛原華子といいます。大学を出てから化粧品メーカーに勤めていましたが、去年退社しました。まだ……結婚はしていません。師範資格をとったら、将来は自分の子供に着付けをしてあげたいです」

女性たちは、娘ざかりの華子を目を細めて見上げた。

「あんまり若く見えるから、大学生かしらって思ってたのよ」

などと言われ、華子も気を良くする。末っ子ということもあって、華子は自分がいちばん年下のポジションが快適だった。物静かで常に遠慮がち、自分から面白いことは決して言わないけれど、人の話にはにこにこと上機嫌に耳を傾けよく笑う華子は、おばさまたちの上品な、それでいてどこか下卑た世界に、たいそう歓迎された。教室は銀座にあり、帰りにちょっとお茶でも、ということにたびたびなった。午後のひととき、凮月堂などに寄って、あちこちで談笑する中高年の婦人にまじり紅茶を啜っていると、華子はなんだか一足早く『家庭画報』の世界に仲間入りした気がした。

はじめてお茶に誘われたときは、おばさまたちから質問攻めにあった。

「榛原さんはご実家にお住まいなの？」

品のいい五十代の女性に訊かれ、

「はい、松濤の方です」と華子はこたえた。

「あら、もしかして榛原さんて、榛原整形外科と関係ある？　うち駒場なんだけど、いまおばあちゃんが榛原整形外科のリハビリに通ってるの」

「はい、父がやっている病院です」

「まぁ〜そうだったの。そぉーお、あなた、榛原整形外科のお嬢さんなの」

その女性の兄が、華子の父と同級生であるという話まで飛び出して驚き合う。この場合の驚きは、世間は狭いわねぇといった類のものではなく、まぁあなたも私と同じ世界の人間だったの？　というものである。慶應という記号は、ここではそのような意味を持つ。いかにも詮索好きといったその女性が中心となって、話はあっちへ飛んだりこっちへ逸れたりしつつ、なんとはなしに弾んでいる。着物っていいわよねぇ～と夢中になって魅力を語ったかと思えば、簡単で美味しいおかずのレシピ交換がはじまったり、介護の苦労話や子供の自慢などが話題に上がって、実にめまぐるしい。さまざまな年代の女性が集まれば、会話から溢れ出る暮らしぶりもとりどりである。しかし総じて、ここにいる女性たちは幸せそうだった。家計にも時間にも余裕を感じるが、なにより妻というう自分の立場に対する自負はことのほか強固であり、絶対的だった。アイデンティティのほとんどが妻であり母であることで占められて、どっかりと安住し、それは揺るぎない。結婚し家庭を持っているというだけで、女はここまで堂々とした生き物になれるのかと華子は思うのだが、そういったかすかな傲慢さを鋭く嗅ぎ分けてしまえるということは、自分がまだそれを手にしていないなによりの証拠なのであった。

自由が丘のメゾネットで暮らしているという新婚の女性は、なかなかのお喋り好きとみえ、次第に場を沸かせるようなことを言うようになった。義母との関係や、料理が苦手であることなど、多少突っ込んだ内容を吐露しつつ、ぽろりと「夫とは結婚相談所で知り合って……」と口にしたのを、華子は聞き逃さなかった。

松濤の華子の実家には、二階の一角に衣装部屋があって、そこには女三代にわたるさまざまな着物が収められている。六棹ほどの桐簞笥がぎゅうぎゅうに並び、その半分は母が結婚のときに持たされた嫁入り道具だが、色も柄行も若々しすぎるからと、文字どおり簞笥の肥やしになっていた。あとの二棹は、祖母が相続税の関係で広尾の自宅を手放して近くのマンションに引っ越してきたときに、置ききれなくなったのをここに保管しているもので、こちらは何十年も昔に普段着として着ていたものばかり。そして残りの一棹が、華子たち三姉妹のものだった。お宮参りのときの産着、七五三のときに着た小さな振り袖、成人式用の晴れ着は、女の子ばかりが続いたことで、思いがけず代々受け継がれることとなった。長姉の香津子と次姉の麻友子が結婚したときは、すでに嫁入り道具に着物を一棹……という風習はなくなっていたが、それでも黒留袖と喪服は一揃い誂えた。しかしこの二人は、わざわざ着物二枚を収納するために桐簞笥なんか買いたくないと、この納戸に置きっぱなしにしているのだった。

華子は着付けを習うようになってから、暇に飽かしてこの納戸をあさり、良さそうな着物を見つけては座敷に広げ、うっとりと眺めることがあった。祖母の簞笥にあった繻子の刺繡帯、墨色の紗の着物、縞模様のお召し。なかには時代劇に出てくる町娘を彷彿させる黄八丈紬なんかもあって、祖母がこれを着ていたのはいつのころかと思う。そういう過去に思いを馳せる時間は、優雅な反面、実に孤独だった。誰もが自分の仕事や役割を持って慌ただしく生きている中、自分だけがぽっかり世の中から浮き上がり、誰かいい人と出会うのを指をくわえて待っているという孤独。こんな家の中に閉じこもっていては出会いなどあるはずもないと知りながら、華子は人生に訪れたこの怠惰な時間に、ゆるゆると埋没していく。まだ出会っていない恋人に向ける情熱を、こともあろうに着物に傾けてごまかしながら。

3

ようやく父が持ってきてくれたお見合い写真を、華子は渋い顔で眺めた。相手の男性は野暮ったい髪型と少しずんぐりむっくりな体形のせいか、年齢よりずっと年がいって見える。どこをとってもまったく、驚くほど胸がときめかない相手だった。

それでも最初のお見合いの日、華子は気合いもたっぷりにＦＯＸＥＹ（フォクシー）の華やかなワンピースでのぞんだ。場所は帝国ホテルのラウンジバー。仲人や両親が同席する会食ではなく、本人同士が直接会って軽くお茶をする、気軽な形をとることになった。

華子は待ち合わせの時間に五分早くやって来た。ウエイトレスに、「渡邉（わたなべ）」という相手の名前で予約が入っているか訊いてもないと言う。それらしき人も見当たらないので、案内されたソファに所在なく座って待つことになった。

五分待っても誰からも声をかけられないので、先に飲み物だけ注文してさらに十分待つが、一向に現れない。華子が父からもらっているのは、簡易版の釣り書ともいえるメールの文面だけで、そこには実家の所在地、学歴と職歴と現在の肩書き、趣味、家族構成が記されているばかり。肝心の電話番号やメールアドレスは書かれていなかった。

華子はしびれを切らして立ち上がり、もしかして行き違っているのではと、ラウンジを歩きまわって捜すことにした。スマホに保存した彼の写真を頼りにきょろきょろ首を伸ばすと、すぐ後ろの、向こうからはばっちり華子が見える席に、それらしき男性が素知らぬ顔で座っているのに気づいた。顔写真と何度も見比べ、華子はその人が自分のお見合い相手であることに確信を持った。

「すみません、渡邉さんですか？」

声をかけると男性は、iPadからぱっと顔を上げ、

「はい」

と一言、待ち構えていたように即答した。

「榛原です。わたしずっとそこに座っていたんですけど」

なんで声をかけてくれなかったんだろうと首を傾げつつ、待ち合わせ時間からだいぶ経ってしまったことに申し訳なさそうにする華子に対して渡邉は、

「そうですか」と言ったきり、動こうともしない。

見ると渡邉はまだ注文していないらしく、テーブルにはiPadとiPhoneが置いてある

だけだった。

「あの、わたし、あっちの席で、もう飲み物も頼んでしまっていて」

だからまだなにも頼んでいないあなたが移動するべきですよね？　という気持ちを察してほしかったのだが、渡邉からはとくにリアクションもなかった。華子は自分の席に戻ってバッグを持ち、仕方なく席を移った。その様子を見ていたウエイトレスが、ティーカップやお冷の入ったグラスやおしぼりを、慌ててお盆に載せて運んでくれた。華子は「すみません」とウエイトレスに頭を下げたが、渡邉から労をねぎらうような言葉はとくになかった。

　ようやく一つの席に差し向かいで座るところまでたどり着き、華子は改めて渡邉の顔を見据えた。写真より、またずいぶんと覇気（はき）がない。父から聞いた話では三十四歳ということだったが、とても三十代には見えなかった。そのわりに、年上の男性に期待する包容力やイニシアティブを持ち合わせていないことは、すでに華子にも察しがついている。

　渡邉は、顔立ちにそこまで難がある感じではなかったけれど、ダークグレーのスーツが体形に合っておらず、革靴も栄養が行き届いていなくてカサカサしている。よほど太陽に当たっていないのか顔色が悪くくすんでいるが、髪や眉毛だけは黒々と濃いところも、なんとなく不潔な感じがした。

ウエイトレスが改めて彼にメニューを差し出すと、渡邉は「アイスコーヒー」と一言ぞんざいにつぶやいた。注文をしてしまうと、あとは無言の時間が続いた。渡邉は銀縁の眼鏡をかけていて、汚れて七色に反射するレンズの奥から、チラチラと盗み見るように華子をうかがうばかりである。それでも華子は、にわかに湧き出した嫌悪感を悟られないよう、にこやかに渡邉に接した。

「混んでますね」

「はあ」

「予約してるのかと思って、お名前言ったんですけど、なくて。なかなか落ち合えなくて失礼しました」

「いえ」

「ちゃんと予約しておけばよかったですね」

「はあ」

華子としては、ちょっと嫌味のつもりで言ってみたのだが、渡邉は悪びれる様子もない。この男は宗郎の友人の、医学部教授からの紹介なのだが、とにかく真面目な青年、ということだった。真面目とは便利な言葉だと華子は思った。誰かになにかを指図されるまでただおとなしくぼうっと座っていれば、それで「真面目な青年」の称号を得られるのだから。

華子は精一杯気をつかって渡邉に話しかけた。

「こういうのはじめてなので、どういうふうにするものなのか、あんまりわからなくて」

「そのようですね」

「……夕方から雨みたいですね」

「ですね」

「風も強くなるって」

「へぇ」

会話がどうにも続かず、沈黙に耐えかねてうつむくと、テーブルには手垢だらけのiPhoneとiPadが。そこで華子はこう投げかけた。

「アップル社の製品がお好きなんですね」

天気以外の話題が見つかってほっとしながら、これは見事な質問だろうと華子は意気揚々と言ったのだが、これに対して渡邉は、

「いいえ」

ときっぱり答えたのである。

「えっ!?」

思いがけない「いいえ」に、華子はすかさず訊き返した。

「え、でもそれ、iPhoneですよね？　タブレットは、iPadですよね？」

渡邉は、これには「はい」と答える。

やはり彼が持っているのは、どれも間違いなくアップル社のものだ。それなのに渡邉は、アップル社は好きではないと譲らない。

「えっと……なんでですか？」

華子は純粋な疑問からたずねた。

すると渡邉は、銀縁眼鏡のブリッジをくいと持ち上げると、

「ジョブズが嫌いなので」

くくっとせせら笑い、勝ち誇ったように言ったのだった。

「……スティーブ・ジョブズが？」

「はい」

眼鏡の奥の目が、ニヤリと光っている。

その表情にどこか優越感めいたものが滲んでいるのは、いくら鈍感な華子といえども見逃しようがなかった。

華子の心に、ムカムカしたものがこみ上げてきた。

自分は一体なにをしているのだろうと、目が覚めたような気持ちである。これまでスティーブ・ジョブズのことを真剣に考えたことはなかったが、こんな人にまで嫌われて、

ずいぶんと気の毒だと思った。

　華子は「そうですか」と、さもつまらなそうに言った。

　それからこうも付け加える。

「わたしは好きです、ジョブズ」

「え？」

　渡邉はちょっと面食らった様子で、中国の工場でどれだけの人が搾取されているかといった内容を、ぼそぼそとつっかえながら話そうとする。華子は心の中で、だったら不買運動でもすればいいのにと思いながら、それ以上の会話を放棄したのだった。


　着付けの学校で一緒になった、自由が丘在住の新婚の女性は茂田井美帆さんという名前で、年齢が近いこともあってずいぶんと親しくなった。美帆さんは華子がいまいちばん信頼できる婚活のOGだ。華子が今年に入ってからの惨状を打ち明けると、美帆さんはとりわけ、相楽さんが紹介してくれた一連の男性陣への怒りを露にした。

「いまどきの男の人って、家族を養おうっていう気がほんとにないよね。あたしは、お父さんがサラリーマン、お母さんが専業主婦っていう普通の家で育ったし、別に仕事が好きなわけでもないから、普通にそのうち結婚して、子供産んで、専業主婦になるんだろうと思ってたのね。でもそれを言うと引かれちゃうんだよ。親の代とは違いますからって、できればフルタイムで働いて生活費も出してほしいって言うの。それが無理なら派遣でもパートでもいいから、少しは稼いでほしいって。そのくせ、家事とか育児とかはする気なくて、最初から女に丸投げする気満々なんだよね。うちの旦那さんも、家のこととしてって言うとめちゃくちゃ不機嫌になって、空気を支配してくるの。昭和のお父さんかって感じ」

授業終わりに行った教文館のカフェで、美帆さんは華子の相談そっちのけで日頃の鬱憤を吐き散らした。

「結婚相談所って、どうですか？　良かったですか？」

「まあ、なんとか結婚できたから、良いか悪いかで言ったら良かったんだけど、それなりに時間はかかったよ。慎重に選んだから、二年……ううん、三年くらいかかっていまの旦那さんと出会ったもん。そこから普通に一年つき合ってやっと入籍したから、実質四年かかったことになる」

「長ぁ……」

「まあ、それが普通じゃない？　交際二ヶ月で電撃結婚とか、あたしもさんざん夢見たけど、芸能ゴシップでしか聞かないよ」

華子はその言葉を聞いて、いきおい絶望した。

実は華子も内心では、いつもその可能性に賭けていたのだった。今日誰かと出会ったとして、二ヶ月か三ヶ月で婚約し、式を挙げ、三十歳になるまでに一人目の子供を産んでおく、などと指折り数えるのが癖になっている。少女じみた思考回路から抜け出せない華子は、実際にそれが現実になるものと信じてもいた。だからこそ、たまたま街でほんのわずかに接触した素敵な男性――カフェでとなりの席に座った眼鏡の男性や、電車で目の前に立っていた背の高い男性や、エレベーターで二人きりになった優しそうな男性――と、いちいち恋を予感して、ぽーっとなってしまうのである。そして彼らがなにごともなく華子の前を行き過ぎ、なんのことはなく街の雑踏に紛れるのを見ると、ほとんど失恋に近いがっかりした気持ちを抱くのであった。

「榛原さんの焦る気持ちは、めちゃくちゃよくわかるよ」

美帆さんは、パウンドケーキを一切れひょいと口に運んで、同情の眼差しを向けた。

「あたしもいろんな人に、いい人紹介してしてってお願いしまくってたけど、誰も紹介なんかしてくれなかったな。してくれたとしても、なんか微妙だったり。合コンでもそうだよね。合コンはほんと、消耗するだけ。合コンに来る男の人って、みんなキャバクラ感覚なんだもん。だからあたし、もし自分が紹介してってお願いされる側になったら、絶対いい人紹介するぞって、決めてたんだ」

ここへきて、美帆さんは姉御のような懐の深さを見せた。

「うちの旦那さんの友達に、一人感じのいい人がいるから、よかったらその人紹介するよ。イケメンで、体育会系で、しかもおもしろい人なの。旦那さんに頼んでみるね」

華子は抱きつかんばかりに感謝を表し手を合わせながら、「このご恩は一生忘れません」と本気で言って、何度も何度も頭を下げた。


美帆さんとご主人、その友人男性と華子の四人で食事することになったのは、ちょうど梅雨入りの発表がされた日のことだった。

先方はたいそう乗り気だという話は美帆さんから聞いていたし、自ら幹事役を買って出たお相手の彼からは、こんなメールが華子に届いていた。

〈どーも、茂田井とは大学時代からのつき合いで、奥さんとも何度かみんなでメシ行ってます！　会ってみてと勧められ、榛原さんの連絡先をパスされました。よかったらさっそく今度、みんなでメシ行きましょう！　スケジュール調整するんで、空いてる日を教えてください！〉

勢いのある文面にやや気圧されたものの、イニシアティブを取ってくれるところは高得点だ。アテンド力ゼロの渡邉のあとだったこともあって、華子はなおさら感激した。

〈店は俺がよく行くココでいいですか？　→http://tabelog.com/tokyo……〉

リンク先へ飛んでみると、それは絵に描いたような激安大衆居酒屋である。華子は困惑しながらも、〈そちらで大丈夫です〉と送った。

当日、昭和っぽい安普請に統一された店内は、タバコの煙と威勢の良すぎる店員のあいさつとサラリーマンが混沌と融合していた。場違いなまでに身ぎれいな格好でやって来た華子は、予約した席に通され、Ｔシャツ一枚というラフな格好の男性と向かい合う。男性は、美帆さんから聞いていたとおり、たしかにイケメンだし、体も引き締まって見るからに体育会系だ。華子の胸がキュンとときめくが、次の瞬間、彼はこう言って華子の容姿を褒め称えた。

「え、自分めっちゃ可愛いやん!?」

「はい??」

華子は横っ面をビンタされたように驚き、思わず訊き返してしまう。

たしかに見栄えは申し分ない。けれど、一聴してコテコテの関西人とわかるイントネーションを聞くなり、華子は激しく面食らった。もちろんテレビでは関西弁をしょっちゅう耳にするし、別に関西の人たちに対してなにか特別な悪感情を抱いたこともないのだけれど、華子の交友関係には関西出身の人は一人もいないし、くり返し妄想した電撃結婚ストーリーの相手にも、関西の人は一度も登場しなかった。美帆さんに紹介してもらった男性が、東京出身の人ではないかもしれないという可能性など、華子はまったく予期していなかった。

「茂田井夫妻はまだ来てへんみたいやな。あ、ＬＩＮＥ入ってる。十分遅れるごめんやて。しゃーないなー、先ビールでも飲んどこか？」

華子が表情を曇らせていると、彼は畳み掛けるように言った。

「なんや自分、腹の具合でも悪いんか？」

「そうですね、ちょっと……ごめんなさい」

華子はトイレに駆け込むが、そこは男女共用で、ドアを開けると便座は上がったまま、黄ばんで薄汚れた裏側を晒していた。

ふわりと広がったスカートの裾が、ドアや壁に触れないように手で押さえ、華子は中に入ろうとするも、結局用を足さずに引き返してきた。

「どしたん？」

彼は華子の様子を気にして心配するものの、

「トイレが……ちょっと……」

「ああ、ゲボでもついてたん？」けけけと、可笑しそうに言う。

「いえ、そういうのではなくて……」

華子はもう一分一秒もここにいたくないと思い、具合が悪いから先に帰ると言って、注文もしないまま店を出てしまった。

激安大衆居酒屋を出て大きな通りまで歩くと、華子は助けを呼ぶように手を上げてタクシーを止めた。

「松濤まで」

　夜の東京の、ギラギラした光の点滅をタクシーから眺めるうちに、華子の心は次第に落ち着きを取り戻す。まるで、海辺の町で育った人が海を見るとほっとするように、華子はタクシーから見る東京の景色にたまらなく安堵（あんど）した。

　バッグの中でスマホが振動し、見ると美帆さんからだ。華子は、憂鬱（ゆううつ）な気持ちで通話ボタンを押した。

「ごめんいまやっと着いたんだけど、もう帰っちゃったって言うからびっくりしてさぁ。どうしたの？　具合悪いって聞いたけど大丈夫？」

　美帆さんは息せき切って心配そうに言った。

　華子は、せっかくセッティングしてもらったのにすみませんと平謝りだが、黙って帰った本当の理由は決して口にしなかった。

　華子はてっきり美帆さんも——相楽さんやネイリストの燿子さんや、ご主人が慶應の出身というあのおばさまのように——自分と同じ世界の住人だと思い込んでいたのだった。自由が丘に住み、平日の昼間に着物の着付けを習いに行くような優雅な主婦なら、きっとそうだろうと。だって同じ世界の人なら、言わずもがなで通じ合っているものなのだ。華子のような人に紹介して然（しか）るべき男性とは、どんな人なのか。

　華子は知らなかったのだ。外の世界ではこうして、自分とはなんの接点もない人と、

唐突に引き合わされる可能性があるのだということを。東京には、いろんな人がいると
いうことを。さまざまな場所で生まれ育ち、さまざまな方言を操る人がいて、彼らが自
分とアクシデント的に交わることも、当然あるのだということを。さっき店で会った男
性は、華子にとってどこか外国人のように映った。得体の知れない場所からズカズカと
東京にやって来て、馴染みのない言葉を喋り、我が物顔に振るまう人たち。そういう人
たちは、華子が求めている相手ではないのだ。結婚相手の条件リストを作ったことはな
かったけれど、東京出身という項目は言うまでもなく第一位であることを、この日はじ
めて華子は痛感した。これまでは意識すらせず、それが当然だと思っていたのだ。
つまり華子にとっては、東京都内の限られたエリアしか、この世に存在していないも
同然なのだった。やっぱり相楽さんのような、こちら側の世界に住む人に、きちんとふ
るいをかけてもらった相手でないと、無理なのだ。
こうして華子は振り出しに戻されたのだった。タクシーの窓を雨粒が流れる。運転手
は無言でワイパーのスイッチを入れた。夜の東京が雨でびしょ濡れになると、ネオンが
滲み、情緒が出る。そういう景色も、華子は好きだった。もちろん、自分がタクシーに
乗っている場合に限るけれど。

4

整形外科医院を継いでくれる人と出会わなくちゃいけないのに、友達が紹介してくれた人を好きになってしまったらどうしよう、などと心配していたことがバカらしくなるような日々に、さすがの華子もやさぐれ気味である。「気晴らしに椿山荘でお茶でもどう？」という相楽さんの誘いに乗って出かけ、華子は先日の出来事の顚末を洗いざらい報告した。

相楽さんは、女性を紹介されるのに激安を売りにする居酒屋なんかを指定してきた時点で、もっと警戒するべきだったと手厳しい。そういう店選びである程度どんな人だかわかるもんじゃない？　というのが彼女の意見だ。華子もメールにリンクが貼られたお店の情報を見てがっかりしていたものの、それを理由に会うのを拒んだりしたら、相手に変な誤解を与えてしまうかもしれないと思って、渋々受け入れていたのだった。

「変な誤解ってなに？」

相楽さんはまっすぐな瞳でたずねた。言葉の微妙なニュアンスを、なんとなくの雰囲気で流さずに逐一質問するところは、海外歴の長い彼女の癖だ。一方訊かれた華子はもじもじと口ごもる。

「だってほら、初対面でいきなり堅苦しいお店に連れて行かれても緊張するから、話が盛り上がりやすいように、あえてカジュアルな店を選んだのかもしれないって思ったの。それに……」ここからが本当の気持ち、とでも言うように目配せして、「性格悪いって思われたら嫌だもん」華子は子供っぽく唇を尖らせた。

「ちょっとちょっとぉ、そうやって気さくな自分を演出しようとするのやめなよ～」と相楽さんは笑う。「あたしさぁ、いまの日本のそういうとこ大嫌いなんだよね。デートでファミレスに連れて行かれても、女は文句言えない感じあるじゃない？　庶民派ぶってないと叩かれちゃうの。えーそんな安いとこ行きたくないって言ったら、お高くとまった性格の悪い女ってことにされちゃうんだよ。ほんと嫌！　そんな男こっちから願い下げだわ」

ホテル椿山荘東京はどの駅からも遠く不便な場所にあった。いいホテルのロビーラウンジはいつも混み合っているものだけれど、とりわけこの時期は庭園で蛍が見られる特別なシーズンということで、二人はアフタヌーンティーを注文するも断られてしまった。

「わざわざ遠くから来たんだけど……ダメ？」

可愛らしく拝む相楽さんに、ウエイターは「申し訳ございません」と頭を下げる。

相楽さんはドイツ暮らしによって自己主張を鍛えられている。ようやく諦めて、

「仕方ないか。予約して来なかったあたしが悪いわ。蛍のことも知らなかったし。今度

からアフタヌーンティー狙いのときは絶対予約しよ。いっこ勉強した」とさっぱりした調子で言った。

二人してミックスベリーのスムージーを頼むが、うやうやしく別のテーブルに運ばれていくケーキスタンドを、物欲しげに眺めずにはいられなかった。下の段にはキュウリのサンドイッチやオープンサンド、真ん中の段に数種のスコーン、上の段にはブランマンジェやシブーストが盛り付けられている。

「あーあ、がっかり」

相楽さんは運ばれてきたスムージーをストローでかき回しながらうらめしそうに言ったが、一口吸うなり「あ、美味しい」とつぶやき、すぐに機嫌を直した。

二人は窓の外に広がる鬱蒼(うっそう)とした庭園を眺めるが、小雨が降って霧がかかっている。

相楽さんはソファに深く沈みながら、つまらなそうにスマホを向けて庭園の写真を撮ると、「インスタにあげよ」と言って、指をスッスッと動かした。

「ところでさぁ、誰なの？　そんな変な奴を華子に紹介したのって」

「美帆さんって、着付けの学校で一緒になった人。新婚さんなの」

「ふぅーん」

「その美帆さんの、ご主人の、大学時代の友達なんだけど」

「ふぅーん。なにしてる人？」

「銀行員だったかな」

「へぇー。その美帆さんって、どこに住んでるの？」

「自由が丘」

「実家が自由が丘ってわけじゃなくて？」

「たぶん」

相楽さんは「ふぅん」と鼻を鳴らしてこう続けた。

「東京の人じゃなかったんだね」

「……うん。美帆さんは福岡の出身だったかな。旦那さんとは結婚相談所で知り合って、転勤でこっちに来たんだって」

「東横線とか田園都市線って、ミーハーな人が住んでそう」

相楽さんはなんの気なしにそんなことを言う。

美帆さんやあのイケメンの関西人の顔を思い出しながら、華子は「東京の人じゃない」という表現に、ハッとするものを感じていた。

東京の街には、しきたりと常識がないまぜになったような共通認識が張り巡らされていて、それは代々ここに住みつづけている人たちに、脈々と共有されていた。最近になって外部からやって来ては、踏み荒らすように西へ西へと住む場所を押し広げていった人たちとは、見えない壁で隔てられている。けれどもそのことをあからさまに口にするのは品がないからとはばかられ、あまりおおっぴらに俎上にのせることはなかった。しかしだからこそ、この手の話は面白かった。

相楽さんは、こんな結論を出した。

「あたしは東京にいるのはちょっと息苦しいし、また海外に住みたいって思ってるけど、もし外国人と出会いがなくて日本人と結婚することになっても、東京出身でない人とはちょっと無理だな」

華子は大いにうなずく。これまで相手の出身地を意識したり東京にこだわったことはなかったけれど、それはこれまでつき合ったことのある人が全員、同じテリトリーの住人だったからだ。

雲が切れて椿山荘の庭園に太陽が差し込むと、「あ、さっきより綺麗じゃん」と言って、相楽さんは窓の外に再びスマホを向けた。

「ここ、もとは山縣有朋のものだったんだってね」

相楽さんはそんなトリビアを披露しながら、何枚も何枚もシャッターを切った。

その後、宗郎が持ち込んだ医者とのお見合い話は、ことごとく空振りに終わった。ホテルオークラのオーキッドルームで、テラスレストランで、別館のカメリアで。三回連続でお見合いが惨敗に終わると、さすがにもう同じホテルを使う気にはなれず、あちこち渡り歩くようになった。ホテルニューオータニ、パークハイアット、ペニンシュラ、コンラッド、リッツ・カールトン、マンダリンオリエンタル。場所は変われどお見合いの内容は似たり寄ったりだ。見た目で素敵だなと思う人は皆無。話してみていいなと思った唯一の男性は、年が二十歳近く離れていた。どの人にも受け入れがたい難点があり、会えども会えども一瞬たりとも誰にも胸がときめかないとなると、華子は次第に消耗の色を見せるようになり、心は荒んでいった。

お盆は護国寺にある父方の墓に各自お参りに行ったあと、松濤の家に家族が集まることになっていた。夕方、焙烙の上でおがらを燃やして送り火を焚き、キュウリと茄子で作った精霊馬を下げ一息ついていると、時間ぴったりにドアチャイムが鳴って、予約していた鰻重が届けられた。

「やだ、晃太の分もあるんじゃない？」

夏風邪をひいたという晃太は、墓参りを欠席して家で養生しているのだという。

「病人置いてきたの？」と麻友子。

「なにか食べるものはあるの？」と母の京子。

香津子は「大丈夫よ。おかゆ用意してあるから。熱はないし」と受け流すが、京子はいたく心配そうに、愛媛から取り寄せたというみかんジュースの大きな瓶や、よく効くという葛根湯を紙袋に詰めはじめ、早々と玄関先に用意した。

「晃太の分の鰻重どうしよう」

と困った様子の香津子に夫の真は、

「おれが食べるよ」

わずかに出はじめたお腹(なか)をさすりながら頼もしく言う。

そうこうしているうちにダイニングテーブルの上にお箸がセットされ、ようやく全員席について、お重の蓋が開けられた。

こうして集まるのはお正月以来とあって、麻友子はしきりに華子の結婚話の進展具合に興味を示す。黙っているのもおかしいからと、華子がお見合いに精を出している近況が宗郎の口から語られた。

「で、これまでに会ったどの人も、全然ダメだったの？」

麻友子がズバリたずねると、華子は憔悴(しょうすい)した作り笑いでうなずき、その表情だけでこれまでの惨状をすべて物語ってみせた。

「病院を継げるような結婚相手を見つけるとなると、たしかになかなか難しいかもしれないですよね。なにしろパイが限られてるわけだし」

真の言葉に、誰もが深くうなずく。

「しかも医者なのにモテない人って、ほんと癖あるっていうか、変わってるからね」と麻友子が、身に覚えのある様子でしみじみと語った。

ここで香津子が、ことさら神妙に言う。

「ねえ、もしもこのまま、一年経っても二年経ってもいい人が見つからなくて、華子が三十歳になったら、お父さんどうする気？」

「そうそう、ありえるよ。普通にありえる」と麻友子も同調する。

「なんか見るからに元気なさそうで、気の毒だもん、華子」

香津子はしきりに心配そうにこうたたみかけた。

「後継者探しに躍起になって、華子が婚期逃すなんて絶対ダメよ。いい加減なところで切り上げて、医者以外とも出会えるように解放してあげなきゃ」

実はもう何人も医者でない男性とも会っていながら、まったくいいと思える人がいなかったことの深刻さを、華子はこのとき逆説的に思い知り、ますます焦りは募った。

「この際、お医者様じゃなくてもいいんじゃないかしら？」

京子が宗郎の顔色をうかがうように言った。

「そうよ。いざとなればうちが経営だけやって、お医者様を雇うことだってできるんでしょう？」と香津子。

「とりあえず、家のためにお見合いしてくれた華子ちゃんの今後の身の振り方は、みんなに責任があるわけで……。ですよね？」真もそんな発言をしてみせた。

「あたし、華子によさそうな相手がいれば紹介するわ。だってここまできたら、病院のことより華子の結婚話をまとめることの方が先決じゃない？　半年がんばってダメだったなら、次の手も考えなきゃ」と麻友子。

「ねえ、お父さん、それでいいかしら？」

京子の言葉に、ついに宗郎は観念したのだった。


そうして麻友子から紹介されたのは、絵に描いたような慶應ボーイだった。自信に溢れてさわやかで礼儀正しく、顔立ちは整って、肌はこんがり焼けていた。社会人十五年目という大人の余裕が匂い立ち、実際ブルガリ・プールオムのいい香りがした。背が高く上腕二頭筋ががっしりして、スーツの上からでも胸筋がかすかに盛り上がっているのがわかるほど鍛えられている。幼稚舎出身、高校からはラグビー部で、夏は毎年菅平で地獄の合宿を経験した根っからの体育会系というが、

「そんなこと説明されなくても見ればわかるよね～」

と仲人役の麻友子が言うとおり、そのプロフィールやバックボーンは、彼の表情や肉体やファッションや立ち居振る舞いに、いやというほど完璧に表現されていた。名前は亀井といい、麻友子とは遊び仲間らしい。

「よく六本木で会うよね」

「それ麻友子さんがグラハイにほぼ住んでるからじゃないですか？」

「アハハ、根城だからね」

「華子さんは、六本木来ます？」

亀井氏が華子に話を振ったが、

「ときどき」

急だったのでそれしか言えなかった。

再び会話は、麻友子が質問して、亀井氏が答える形に戻る。

「亀ちゃんは南アフリカに行ってたんだよね。何年くらい？」

「三年いましたね」

「南アフリカに赴任って、なんの仕事なの？」

「ウッドチップの取り引きですね」

「ふぅーん。海外赴任って大変じゃない？」

「まあ、大変は大変ですけど、なんでも経験なんで」

「治安はどう？　すごい悪いんじゃない？」

「いや、自分が行ったのはワールドカップのあとだったんで、そんな危ないってことはなかったですよ。南アフリカは白人が多いし」

「休みの日とかなにしてたの？」

「ゴルフっすね」

「あ、ゴルフなんだ」

「めっちゃ安いし、気候いいし、ほかにやることないから」

「アハハ」

「ゴルフのスコアだけ上げて帰ってきた感じで」

「アハハ」

「今度行きましょうよ」

「いいね～。行こう行こう！」

二人が楽しそうに笑い合うその会話に、華子はまるで立ち入れない。「お見合いなんて堅苦しいのはやめて、グランドハイアットのフィオレンティーナで軽くランチでも」と誘われてやって来た華子だったが、なんだか恋人同士のデートに付いてきてしまった子供のように場違いな気がした。

「しっかし亀ちゃんがまだ結婚してないなんて思わなかった。フェイスブックのステイタス見て、ほんと～？　って疑ったもん」

「ああ、俺も海外赴任前に結婚しときたかったんすよ、一応」

「やっぱそうなんだ」

「商社はそういう奴が多いですね。二十代で海外に行かされるから、そのタイミングで結婚して嫁を連れて行くパターン」

「じゃあなんで独身？」

「いや、プロポーズしたんすけど、断られたんです」

「なんで!?」

「南アフリカには住めないって」

「あぁ～。アハハ。わかるな」

「それで、一人寂しく赴任生活」

「ゴルフ三昧の」

「三昧の」

「でも日本戻って来てからどう？　モテるでしょ？」

「あー。モテますね。ハハ」

「そりゃそうだよね～。どんくらいモテる？」

「いやーそんな、別に。そこまでではないけど、まあ、軽く無双状態ではありますね」

「おぉ～」とのけぞりつつ、麻友子は「あーでもなんかやだな」と続けた。

「大事な妹をそんなヤリチンに渡すのはいやだ」

「ちょっと！　ヤリチンとかやめてくださいよ」

「え、そういうことでしょ？」

「こんな可憐なお嬢さんの前でチンとか言わないでくださいよ。ほんとにもう」

「やだやだ、よく考えたら、やだわ！　亀ちゃんが義理の弟とか、ないない！」

「えーなんか話違いません!?」

「アハハ〜。華子、ごめんね、人選間違えた！」

　整形外科医たちとのお見合いとはまったく別の意味で、この男とのお見合いは華子をひどく疲弊させた。スペックだけ見れば、これまで会った男性のなかでも際だっているのは明らかだが、彼はあまりに男性的で、マッチョで、擦れっ枯らしの大人だった。自分に合う人ではないと華子は早々に辞退して、帰り道ではさっそく、「あの人はおねえちゃんの再婚相手にいいんじゃない？」と麻友子に勧めた。しかし世故に長けている麻友子は、

「ああいう男があたしを結婚相手に選ぶわけないでしょ」と断言した。

　華子にはその理由がよくわからず「なんで？」とたずねたが、麻友子はそれについては教えてくれなかった。

5

　義兄である岡上真の紹介で、弁護士と会うことになった。華子はこれまでの数々の失敗から、期待に胸膨らませたり、どんな人だろうと想像することをやめ、ついでに気

合いを入れておしゃれすることも放棄して、スキニーパンツに紺色のTシャツにヴァンクリーフのロングネックレスという、いたってラフな格好でのぞんだ。かごバッグにエスパドリーユ、冷房対策にカーディガンを羽織っている。

華子が紀尾井町のオーバカナルにたどり着いてウエイターに名前を告げると、「あちらにいらっしゃってます」とテラス席に案内された。仕事のあとに軽く一杯、という提案も、真は同席しなくても二人で平気ですよというのも、先方から言われたことだった。またあの商社マンみたいにチャラチャラした人だったら嫌だなぁと思いながら、華子はテラス席に座る、スーツ姿のその人を見た。

脚を組んでゆったりと椅子に腰掛けていたその人は、細身で見るからに育ちが良さそう。華子は彼の外見に、どこかほっとするものを感じた。

「榛原さんですね？　はじめまして、青木幸一郎です」

居住まいを正して会釈し、感じのいい笑顔を向ける。

「お酒は飲めますか？」

「ちょっとなら……」

とこたえつつ華子は、メニューに目を落としうつむいている彼を、ちらりと盗み見た。ほどよく今風な、清潔感のある髪。イケメンではないがハンサムだ。素朴さがかすかに残り、母性本能をくすぐる甘さがある。メニューを持つ大きな手と、長い指がとてもきれいだった。

「僕、一杯目はビールもらおうかな。ヒューガルデンください。榛原さんは？」

「あ、じゃあわたしも、同じものを」

乾杯して一口飲みながら、まずは紹介してくれた真の話になった。

「榛原さんは、岡上さんの、義理の妹さんなんですよね」

岡上というのは、真、つまり香津子の夫の姓である。

「はい。うちの上の姉の、旦那さまなんです」

「岡上さんと榛原……華子さんとお呼びしてもいいですか？」

「はい」

「華子さんとは、ずいぶん年が離れてるんですね。岡上さんは僕からしても、だいぶ先輩なので」

「わたし、三姉妹の末っ子なんです。姉二人とは年が十歳以上離れていて、お義兄さんのことは、小学生のころから知っています」

「へぇ、そうなんですね。僕は去年から岡上さんの会社を担当させてもらっているので、まだ一年未満のおつき合いですが……そうですか、小学生のころからですか。あ、僕の仕事のことは、どのくらい聞いてらっしゃいますか？」

「顧問弁護士さん、なんですよね？」

「はい。あ、これよかったら、申し遅れましたが……」

青木幸一郎は思い出したようにジャケットの内ポケットを探り、黒い革の名刺入れを取り出すと、中から一枚抜いて華子に両手で差し出した。仕事モードの、ちょっと仰々しい仕草になり、「いやーなんか緊張しますね」とフラットな声で付け足す。口ではそう言いながらも、どこか本心ではないような上辺な感じのする「緊張しますね」だった。本当は全然緊張などしていないけれどそれだと華子に失礼なので、僕は緊張していますよと、一種のリップサービスで言っているのだ。青木幸一郎はとても堂々としていて、見ていてこっちが照れてしまうところがない。そういう意味では非常に洗練された人物であった。青木幸一郎のこの圧倒的に無傷な印象は、ほかの場面でもしばしば見受けられた。この人は本当のところ、恥というものをかいたことがないのではないかというような、一本太い神経が背骨に通っている感じ。「照れますね」と言いつつ、微塵も羞恥を感じさせない控えめな尊大さ。そして華子は幸一郎のそういった部分を「頼もしい」と解釈した。華子は先の婚活で会った医者のように、緊張で空気をぎくしゃくさせる場慣れしていない男性を、どうしても素敵と思えない。一方、幸一郎のどっしりした大人な態度は、それだけで華子を魅了したし、この男性の陰に隠れていれば自分も恥などかかずに済みそうな、絶対的な安心感を覚えるのだった。

青木幸一郎はビールを飲み干すと、ウエイターからメニューをもらって、次はワインにしようかなと言う。

「僕、軽く食べてきたんで、あとはワイン飲みながらなにかつまめるものでも頼もうかと思ってたんですけど、ワインはお好きですか？」

「あ、はい……」

軽く一杯とは聞いていたものの、華子はうっかりお腹を空かせて来てしまった。それを言い出せず、

「つまみにチーズの盛り合わせでもらいますか」という幸一郎の提案に、

「いいですね」と調子を合わせてしまう。

幸一郎は軽く手を上げて、忙しく立ち働いているウエイターを呼び止めると、グラスワインを二つとチーズの盛り合わせを頼んだ。

「僕は赤をもらいます。華子さんは？」

「じゃあ、わたしも赤で……」

ウエイターがせっかく「お食事の方はよろしかったですか？」とたずねてくれたのに、幸一郎はにべもなく、「いいです」と首を振ってしまう。

赤ワインを半分ほど飲んだところで、とうとうたまりかねて華子は、

「あのぅ、メニュー見せてもらっていいですか？」と、気後(きおく)れしながら言った。

幸一郎は広げたメニューを手渡しながら、

「あ、なにか食べますか？　キッシュ、ステーキフリット、オニオングラタンスープ、どれも美味しそうですね」と言う。

「いま言ったの、全部食べたいです」

華子が遠慮がちに本音をこぼすと、

「じゃあそうしましょうか」

幸一郎は、愉快そうにうんうんとうなずいた。

一事が万事その調子で、幸一郎は華子と差し向かって話をしている間、常ににこにこと上機嫌だった。声を上げて笑うことはほとんどなかったけれど、穏やかな薄笑いを絶やさない。年齢は三十二歳ということだったが、外見も、会話の中身からいっても、もっとずっと若く感じられたし、逆に三十二歳とは思えないほど、落ち着いた大人にも思えた。

正直なところ青木幸一郎は、この数ヶ月間に会ったどの男性よりも良かった。幸一郎と出会ったことで、今年の上半期を報われない婚活で棒に振ったことも吹き飛び、華子はすっかり舞い上がってワイングラスに手を伸ばす。

「ちょっと失礼」

幸一郎がトイレに行くのに立ち上がった瞬間、すらりと背が高いのに驚いて、華子は思わず二度見してしまった。座っているときは気が付かなかったけれど、立ち姿はとても立派だった。脚が長く、スリムでいながら均整のとれた体躯（たいく）をしていて、ネイビーのスーツがよく似合っている。店内を颯爽（さっそう）と横切る幸一郎を見て、なんと見栄えのする人だろうとうっとりし、華子の胸はどうしようもなくときめいてしまったのだった。

帰り際、幸一郎が拾ってくれたタクシーに乗り込むとき、酔いに任せて華子は、

「また会ってもらえますか？」とたずねた。

すがるような声音である。

青木幸一郎は例の安定した鷹揚（おうよう）な笑顔で、

「もちろんですよ」

一つうなずいてみせた。

初対面で恋に落ちてしまった華子は、この気持ちをどうしたらいいかわからず、自宅に帰るなりベッドに伏して懊悩（おうのう）した。自分のような子供っぽい相手はお呼びでないかもしれない、そう思い込んでは落ち込み、酔っ払って「また会ってもらえますか？」などとがっつくように訊いてしまったのを思い出しては激しく後悔する。その恥ずかしさは寄せては返す波のように何度も何度もぶり返し、そのたび「ああ！」と声を発しながら頭をぽこぽこ叩いたり、頬をきつくつねったりする華子。ところが信じられないことに、その後たて続けに幸一郎の方から食事の誘いがあった。

連れて行かれた麻布十番の中華でも、華子は舞い上がりそうなほど楽しいひとときを過ごした。食事も素晴らしく、子供のころから家族でよく来ているという幸一郎のおかげで、年配のウエイターから手厚い接客を受け、華子はすっかり気を良くした。

次の日曜日は銀座で映画とディナーのデートをした。

華子も幸一郎も、わざわざ一人で映画に行ったりはしないが、話題の作品はとりあえずチェックするし、誘われればどんなものでも——あまりマニアックなものは嫌だが——好き嫌いせず観に行った。これは映画に限ったことではない。華子は幼少期から母親に連れ回される形であちこちの文化施設に行き慣れていたが、そのわりに明確な趣味というものは形成されていなかった。美術館も、歌舞伎も能も文楽も、バレエもオペラもクラシックのコンサートも、おつき合いの名のもとに度々チケットが回ってくることもあって縁のない世界というわけではないが、どれに対しても特別な興味を抱いたことはなかった。ただ、都内にある高尚で文化的な場には頻繁に行く機会があり、それなりに目が肥えているのだ。

華子の数少ない男性経験と比較しても、幸一郎はつかみどころのない人物である。出会ってからというものマメに連絡を寄越すし、毎週のように時間を作ってデートしてくれるが、華子はそれがうれしい反面、わずかに戸惑ってもいた。幸一郎は常に感じ良く接してはくれるものの、感情表現が薄く、目の奥に光がない。華子にしてみれば、この人は自分を好きなんだという確信がなかなか得られないのだ。淡々と、こちらがやきもきしない頻度で、内容があってないようなＬＩＮＥを送り、ほとんど事務的といえるほど律儀に華子をデートに誘う幸一郎。会えばそつのないエスコートで楽しませてもくれるし、手をつないだりキスしたりといった段階もすでに踏んでいる。それはまるで、すいすいとボートを漕いでもらっている心安さである。華子は風に揺られてうとうとお昼寝するように、次のステージへと運ばれていった。

6

数回のデートのあとで、幸一郎から軽井沢の別荘に誘われた。

華子の家も軽井沢に別荘を持っていて、子供のころから夏休みになると毎年のように通った土地でもあったので、もちろん快諾した。それに伴って華子は幸一郎に、両親に自分たちの関係を話してもいいかとたずねた。

「もちろんですよ」

幸一郎が整形外科医でないことは残念ではあったが、すでに恋愛感情は育ってしまっているので、いまさら引き返すわけにもいかない。両親に思い切っていきさつを話すと、

「もう婚前旅行か」

宗郎は驚きながらも、むしろその展開を奨励しているような口ぶりだった。どうやら華子に相応しい相手を紹介できなかったことが、引け目になっているらしい。

軽井沢を愛する別荘族という共通点だけで、宗郎も京子も、まだ会ってもいない娘の彼氏をさっそく信用しているふうである。

旅行当日、シルバーのレンジローバーで自宅まで迎えに来た幸一郎は、玄関先に出てきた華子の両親に丁重に挨拶した。

「はじめまして、華子さんとおつき合いさせていただいております、青木です」

瞬間、華子はこの関係が正式に「おつき合いしている」ものだと知り、舞い上がった。そうであろうと思いつつうやむやのうちに交際が進むのと、きちんと言葉にしてもらうのとでは、心持ちがまるで変わってくる。これで公式に、自分たちは恋人なのだと、華子はいよいよ安穏とした気持ちになった。

父は幸一郎と軽井沢話で大いに盛り上がっている。幸一郎が、自分の父親が軽井沢ゴルフ倶楽部の会員なので何度かコースを回ったこともあると言うと、

「へぇ、軽井沢ゴルフ倶楽部の会員か。それはすごいね、君」

宗郎はますます笑顔だ。

幸一郎も、「お嬢さんをお借りします」と愛嬌を交えつつ颯爽と言って、車に乗り込んだ。

「今度ぜひゴルフでも」

父と恋人がそんな約束を交わしているのを、助手席に乗った華子ははにかみながら眺めた。車は両親に見守られながら、軽井沢へと発進した。

富ヶ谷から首都高に乗り、外環から関越自動車道、上信越自動車道と走るが、ところどころ渋滞につかまり、碓氷軽井沢インターチェンジを出るまでに三時間ほどかかってしまう。ようやく下道に降りて旧軽井沢のあたりまで来て、お腹も空いたことだし蕎麦でも食べることに。しばらく並んで席に着いたころには一時を少し回っていた。

「週末はけっこう混むんですね」

メニューを開きながら、華子は移動の疲れを滲ませる。

「僕は運転が好きだから苦にならないけど、横に乗ってるだけの方が疲れたでしょう」

幸一郎はどこまでもジェントルだ。

鴨南蕎麦を食べお茶を啜って一呼吸置くと、いよいよ別荘へ向かった。

ゆったりした区画に、どこまでも続くカラマツやアカシアの木々。積み上げられた縁石に瑞々しい苔が絨毯のように広がって、その上に落ち葉がふんわり蓋をするように積もっている。ハンドルを握る幸一郎は、古びたレンガ造りの門を通って、前庭の砂利に車を停めた。

車から降りると、キリッと澄んだ空気が肺いっぱいに満ち、軽井沢に来たことにいよいよ実感が湧いた。建物は木の外装がどことなく山小屋風で、周囲の景観にしっくりと調和している。豪邸というほどこれ見よがしではないが、大きく立派なものだった。

幸一郎が荷物を運び、鍵を開けて中に入る。玄関はタイル張りで、内装にも木がふんだんに使われていた。別荘特有の黴臭さや湿気もなく、管理が隅々まで行き届いているのがうかがえる。床には階段の一段一段にいたるまで目の詰まったベージュの絨毯が敷き詰められ、室内はすでにセントラルヒーティングで適温に暖められていた。管理人にあらかじめ行く日を伝えておけば、気温に合わせてボイラーを焚いておいてくれるのだそうだ。

「いいですねぇ。うちの別荘は南ヶ丘の方なんですけど、行くたびに掃除とか換気に追われて、全然ゆっくりできないんです。冬場はほとんど行かないし」

「僕は冬に来る方が好きかな。暖炉に薪をくべて、友達を呼んで鍋やったり」

「友達って、同僚の方ですか?」

「いや、会社の人とは休みの日にまで会わないよ。ほとんど学校の友達」

「大学の?」

「ああ。小学校から一緒の」

小学校というのは幼稚舎のことだろう。慶應幼稚舎の同級生の絆の固さは、同じく慶應幼稚舎出身の父の交友関係からよく知っていた。

「司法試験の勉強してるときに、合宿みたいに泊まり込んだこともあったな」

「合宿って、ほかにも司法試験受ける友達とですか？」

「いやいや、一人合宿って意味」

「へぇ～。さびしくなかったですか？」

「全然。静かで、集中できた」

　青木家の別荘はそこかしこに昭和を感じさせる古さが残っていて、その独特にノスタルジックな匂いを嗅ぐなり、華子は数年前に処分した広尾の、祖父母の家を思い出した。ヨーロッパ各国の調度品が所狭しと並んだ、時間の止まった大きな家。相続税のせいでその家を手放すことになり、ほとんどのものを売ってしまったが、青木家の別荘にはまだ高度経済成長の時代の賜物がそのまま残されているようだった。

　和洋折衷の格天井に茶色の板壁。床には、模様が立体的にカットされ、レリーフのように浮き上がったペルシャ絨毯。リビングのソファセットは金華山織りの布地が張られたイタリア家具で、テーブルの中央にはレースの花瓶敷きの上に、重たいガラス製の灰皿がでんと置かれている。そして壁のあちこちに、さり気なく絵画や版画や、どこの国のものだか判別のつかないタペストリーなどが飾られていた。

　比べると榛原家の別荘は、若夫婦がローンを組んで買った建売住宅のようなものだった。ガルバリウム鋼板の外壁に、室内はどの部屋も真っ白なクロスの壁紙、安易にシンプルな家具を入れていたし、フローリングの上には敷物もなかった。簡素で、シックで、ありきたりに洒落てはいるが、その新しさはどこか表面的で、軽薄さを伴っているともいえた。美術品の類も、盗難を恐れてほとんど置いておらず、そのせいか無機質で寒々しいインテリアになっていた。トイレには貰い物の店名入りカレンダーが行き場をなくして飾られていたものだが、一方青木家の別荘のトイレは、ドアを開けると正面に金縁の額に入った素描画(そびょうが)が掛けられていて、よくよく見るとそれにはFoujitaと、藤田嗣治(ふじたつぐはる)の署名が入っているという具合であった。そうやって改めて見回せば、浜口陽三(はまぐちようぞう)の銅版画であったり、梅原龍三郎(うめはらりゅうざぶろう)の油彩であったり、あちこちに飾られている絵が実はどれも高名な人の作品であるのに華子は気づき、内心「なるほど」と合点していた。

たしかに華子が通った学校にも、学年に一人二人は特別な家の子が紛れていたものだった。歴史の教科書に載っている人物の末裔(まつえい)だったり、財閥系の一族だったり、元華族だったり、大手建設会社の屋号をそのまま苗字に冠したお金持ちの子もいた。そしてそういう家の子に限って、外見も性格も地味で質素だったし、決して家柄や資産家ぶりを自慢するような真似はしなかった。青木幸一郎にはそういった家の子によく見られるような、どこか秘密主義的な匂いがあると華子は思った。

その晩は、青木家の行きつけだという鶏すきの店で食事をしながら、どうにも好奇心を抑えられず、華子はついに家のことをたずねてしまった。

「あのぅ、幸一郎さんは弁護士さんですけど、おうちはなにをされているんですか」

「ざっくり言うと、流通業かな」

「流通業って、どういうものなんでしょう」

華子は自分の無知を恥ずかしそうに告白して訊いたが、

「倉庫を人に貸したりしている」

という曖昧(あいまい)な回答しか得られなかった。

華子がしびれを切らして、

「倉庫って、儲かるものなんですか……？」

と探り探りたずねても、

「まあ、場所がいいからね。それなりになんじゃないの？」

などとボカされてしまうばかりで、なかなか詳細は見えてこない。結局、それ以上は追及できなかった。

人には言いづらいタイプの職種なのかもしれないと思って遠慮したのもあるし、華子自身、自分の家の生業(なりわい)をいまひとつ把握していなかったからでもあった。父方は開業医とわかりやすいが、母方の家系は会社を経営していて、しかしそれがどんな会社で、どのくらいの従業員を雇い、どれだけの収益を上げているのかは、華子の理解の範疇(はんちゅう)になかった。

ともあれ、多少の差異はあれど、華子と幸一郎が同じ世界の住人であることは、お互いすでに通じ合っている。生まれ育ちや家柄、学閥、地元意識のあるエリア。それらは見事に重なっていた。華子が小学校から大学まで過ごしたカトリック系の名門私立女子校は幸一郎の母の母校でもあるし、幸一郎が幼稚舎から通った慶應には、華子の父も、義兄の真も、甥の晃太も通っている。そのおかげで、会ってまだ数回にもかかわらず、幼なじみと再会したような安らぎを憶えたのである。

東京の真ん中にある、狭い狭い世界。とてつもなく小さなサークル。当人たち以外にはさして知られることもなく、知られる必要もなく、ひっそりしていたが、そこに属していることで生まれる信頼と安心感は、絶大だった。

早々に別荘へ帰るとシャワーを浴びて、二人ははじめて同じベッドに入った。華子は裸で男の人の腕にすっぽりと抱かれる心地よさを久しぶりに味わい、すっかり身を任せた。オーバカナルでの出会いから、あっという間にここまで来た。いい人と出会えず婚活に苦悩していた日々が、もはや思い出せないくらい遠い過去に感じられる。

幸一郎の呼吸が深く穏やかになり、どうやら眠りに落ちたようだが、華子の方はというと一種の興奮状態で、目は冴えわたり、とても眠れそうになかった。それで手持ち無沙汰から、ベッドサイドテーブルに置いた自分のスマホに手を伸ばそうとした、そのときだった。

夜の静寂と暗闇の中、向こう側のサイドテーブルに置かれた幸一郎のスマホが振動とともに煌々と光り、華子は虚を衝かれた。幸一郎が目を覚ますのではと様子をうかがったが、彼の胸は一定の間隔で穏やかに上下を繰り返している。

華子はベッドを抜け出て一階へ降り、キッチンで水を飲んでから、また主寝室へと戻った。ドアをそっと閉めるなり、再び幸一郎のスマホが震えたので、華子はわずかに眉間にしわを寄せる。一体誰がこんな非常識な時間に連絡を寄越すんだろう。何気なく画面を覗き込むと、ＬＩＮＥの発信者の名前が目に飛び込んできた。

〈時岡美紀がスタンプを送信しました〉

土曜の夜遅くにスタンプを送ってくるような、くだけた関係の女。その名前はほんの一瞬で、記憶に焼き付いてしまった。

嫌な気持ちと同時に不安が渦巻いて、華子はますます眠れない。華子は幸一郎に背を向けて自分のスマホを光らせると、「時岡美紀」の名前を試しにグーグルで検索した。電波が悪く、なかなかつながらなくてやきもきするが、すぐにフェイスブックがヒットする。ところがページを覗いてみるも、プライバシー設定のせいでなんの情報も得られなかった。唯一見られたのは、数ヶ月前に更新したプロフィール写真だけだ。そこには髪の長い、痩せた女の、どこか色っぽい後ろ姿が写っていた。

　翌朝、幸一郎の提案で、万平(まんぺい)ホテルまで散歩がてら歩き、カフェテラスでブランチをとることになった。晴れてはいるものの午前中はまだ気温が上がらず、吐く息もかすかに白い。ふかふかに積もった落ち葉を華子は少女のように蹴って歩いた。左手は寒そうにトレンチコートのポケットに入れ、そして右手は幸一郎とつながれている。

　突き当たって出たアカシア並木の道は、サナトリウムレーンともささやきの小径(こみち)とも呼ばれていて、これは堀辰雄(ほりたつお)の小説に由来するのだと幸一郎が言った。場所は定かでないものの、かつてはこのあたりにサナトリウムがあったのだと教えられると、華子はその儚(はかな)げな響きにうっとりとなった。生まれてはじめて、旅行者が軽井沢に抱くロマンティックなイメージを感じることができた気がした。

　なぜなら華子の中にある軽井沢の思い出といえば、退屈と暇潰しの連続なのだ。ここは夏休みがはじまると、自分の意思とは関係なくルーティーン的に親に連れて来られる場所なのである。近隣の別荘族との社交に忙しい大人と違って、子供にとって自然以外に遊び場はなく、別段楽しい場所というわけではなかった。過ごしやすい気温というのも、子供にしてみればむしろ物足りない。暑ければ暑いほど思いきり汗をかき、それによってはしゃいだ気持ちが湧き立つというもの。せっかくの夏の勢いが、文字どおりクールダウンさせられるのだ。

それに普段東京にいるときは、子供を王様のように扱っている親でさえ、ここへ来ると外国風の気質に染まるらしく、子供は邪魔っけという態度を堂々と取ってホームパーティーへ出かけるので、さらにいじけてしまうのだった。そのうえ華子は姉たちと年が離れているせいでろくに遊び相手もおらず、親しい別荘仲間の子もいるにはいるが、人見知りがちな性分のせいで打ち解けるまでに何日もかかり、仲良くなるころにはもう東京へ帰る日が近づいていて、さびしさはいや増すのであった。というわけで、華子の思い出にある別荘ライフというものは、取り立ててきらきらした思い出ではないのである。

「それは僕も同じだな」

幸一郎はティーカップを口に運びながら、穏やかに笑った。

「ほんとですか？」

子供時代の気持ちを共有できたことがたまらなくうれしく、華子の声は弾む。

「毎年同じところに行くっていうのも、子供にとってはけっこう苦痛ですよね」

「そうだな、せっかくなら違うところに行きたいよな」

「うちは旅行はゴールデンウィークに行くことが多かったから、夏休みはほんと毎年代わり映えしなくて、つまらないなぁと思ってました」

紅茶を啜りながら、華子は朝から饒舌（じょうぜつ）だった。

万平ホテルはジョン・レノンも避暑の定宿にしていた老舗で、昭和十一年竣工のアルプス館は、隅々までクラシカルな雰囲気だ。カフェテラスは混んでいるが、中高年の客が多く、華子ほど若い女性はほかに見当たらない。

　華子の思い出話に刺激されてか、幸一郎も語りだした。

「でも、僕は嫌いというほどじゃなかったけどな。虫捕り網持って、地元の子供と一緒にこの辺を駆け回ってた」

「想像できないです。幸一郎さん、虫とか苦手そう」

「いまは苦手になったけど、子供のころはね。うちの別荘を管理してくれてる人の息子がたまたま同い年で——健介っていうんだけど、健介は虫捕りの名人だったから、こんなバカでかいオオクワガタとかを捕ったりして」

　幸一郎は愉快そうに、そのオオクワガタがどれだけ大きかったか、指で作ってみせた。

　華子はその様子を微笑ましく眺めた。

「東京にいるときは母親もずいぶん神経質で、なにをするにもいちいちうるさかったけど、軽井沢に来ると逆に放っておかれるのがうれしくてね。そうそう、健介とうちの姉貴とでＵＮＯやったり、モノポリーやったりしてね。健介の家にはスーファミとかあったから、上がり込んで、ごはんも食べさせてもらって、泊まったりもしたなぁ」

「お姉さん、いるんですね」

な」

「言ってなかった？」

華子はコクッとうなずく。

「お姉さん、いまはなにされてるんですか？」

「結婚してロンドンにいる。いまはそうでもないけど、子供のころはけっこう仲悪くてね、姉貴とは。健介と一緒に落とし穴掘って、姉貴を落として、泣かせたこともあったな」

幸一郎の姉は、音楽の道に進ませたがった両親に反撥(はんぱつ)してイギリスに留学し、西洋美術史を専攻して卒業後はギャラリーで働いていたそうだ。もう十年以上外国暮らしなので、言葉はほぼネイティブスピーカーと変わらないという。

「前にこっちに帰って来たときに話したら、ちょっと日本語が訛(なま)ってんだよ」

どうやらそれがツボだったらしく、幸一郎はめずらしく大笑いして言った。幸一郎が本気で笑うと、わずかにだが人を軽蔑(けいべつ)するようなニュアンスが滲む。

「お姉ちゃん泣かせるとか……けっこうやんちゃ坊主だったんですね」

「まあね。幼稚舎行ってる奴って基本そんな感じで、みんな野生児だから」

彼が少年時代にどんな子供だったかを聞けば聞くほど、華子は幸一郎のことが好きになり、彼のことをもっと知りたいと思った。子供のころの話を聞いていると、彼への気持ちはエゴイスティックな恋愛感情から、穏やかで深い家族愛のようなものへと変わる気さえする。

「ところで、華子さん」

幸一郎は向き直って、突然真剣な表情で言った。

「はい？」

「昨夜のこと、華子は」と急に呼び捨てになって、

「……どう思ってる？」

幸一郎はたずねた。

へっ？　素っ頓狂な声が出て、

「どうって!?」

華子は思わず身構えて訊き返す。

セックスの感想をたずねられたのかと思ってぎょっとしたのだ。

ところが幸一郎が口にしたのは、こんな話であった。

「僕は最初から、いい人と出会えれば結婚するつもりで、ちゃんとつき合おうと思って、あの日会いに行ったわけだけど、華子はどうなの？」

「わたしは……」

喉から手が出るほどいますぐ結婚したい！　という焦った気持ちはいつの間にか落ち着き、いまはただ普通に、幸一郎とできるだけ多くの時間を過ごしたいというのが本音

だった。でもその先に結婚というゴールがあるなら、もちろん言うことなしだが。

「わたしも、ちゃんとした気持ちです」

華子はまっすぐに彼の目を見て言った。

「じゃあ、僕の奥さんになってくれる？」

「えっ？」

なんの照れもなく、あまりにはっきりとそれを口にするので、華子は驚いてしまう。

「嫌？」

幸一郎は謙虚にたずねながらも、そのプロポーズにはほんのわずかに、かすかに、おちょくるような色合いがあった。これは年齢差からくるものなのか、それとも、自分が〝超優良物件〟であるという圧倒的な自信からくるものなのかはわからないが。

奥さんになってくれる？　と問われて華子は思った。自分は、幸一郎が目の前に差し出してくれた、見るからに頑丈そうなクルーザーにひょいと飛び乗って、できるだけ安楽に――娘としての華子の二十七年間がそうであったように――すいすいと人生を全うしたい。このまま快適なぬるま湯に浸かりつづけていたい。それは自覚すらしていない、華子が根本的に、生来的に抱いている、生存本能ともいうべき本心であった。

「嫌じゃないです」

華子はキュッと口の端を結びながら、頭を振った。

「じゃあ、ＯＫ？」

華子はこくんと、殊勝な顔でうなずく。

「……ＯＫ」

「それ、よろこんでるの？」

幸一郎は硬い表情の華子を見かねて、くしゃっと顔をほころばせて訊いた。

「よろこんでる」

華子は小さな子供がオウム返しするようにうなずいてみせた。

運ばれてきたアップルパイを頬張るが、気持ちが追いつかず、味わう余裕などなかった。

「美味い？」と幸一郎にたずねられ、華子は、

「よくわからない」とこたえた。

幸一郎は、ハハハと薄く笑った。

7

〈元気？　最近どうしてる？〉

風呂あがりに自宅のリビングでくつろいでいた華子は、相楽さんからのＬＩＮＥを見

るなりがばりと身を起こし、慌てて自分の部屋に駆け込んだ。

九月に幸一郎と出会って、十一月にはプロポーズを受け、婚約中の身となった華子。その展開はあまりに急で、なに一つ相楽さんに報告できていなかった。相楽さんと予定を合わせて会っていた時間が、すべて幸一郎とのデートに費やされるようになったのだから仕方のない話である。

あれだけ頻繁に会っていたのに、いざ自分の結婚が決まってみれば、話したいのはシングルの相楽さんよりも、しばらく疎遠になっていた仲良しグループの既婚や婚約組の方だったりするので、自分の身勝手さにはほとほと呆れるが。結婚式のことや、向こうの両親に挨拶に行くときの服装など、訊きたいことは山のようにある。

華子の結婚が決まったことで相楽さんがやっかむとは思えなかったが、仲間が一人減ったようなさびしさを味わわせてしまうであろうことは予想できたし、それだけで気が引けてしまった。しかしそのことを正直に打ち明けて、華子は幸一郎との出会いや人となりを話した。

相楽さんは電話口で結婚話を聞くなり、

「そうじゃないかと思ってたんだぁ～」

カラリと明るく言った。

「いやぁ～良かったよ。華子に相手が見つかって。だって相当追い詰められてたじゃん」

連絡しないでごめんと不義理を詫びつつ、華子は顔がにやけてしまう。

「青木幸一郎か、いい名前だね。なにやってる人？」

「うちの義理の兄が勤めてる商社の、顧問弁護士」

「へぇーいいじゃん。家はなにやってるの？」

「それがまだいまいちわからなくて……。流通業って言われて全然ピンとこなくて、詳しく訊いたら、倉庫を貸してるって」

「あぁ～土地持ってるってことなんじゃない？」

「そうなのかなぁ。よくわからない」

「実家は？　行ったことある？」

「ううん。実家は神谷町だって言うんだけど、年明けに年始の集まりがあるから、そこに顔を出してご挨拶することになってる」

「神谷町かぁー。ねえ、青木幸一郎で検索していい？　フェイスブックやってるでしょ？」

と言った端から、華子の返事を待たずに調べはじめ、

「あ、青木玲子さんが出てきた。青木幸一郎って、青木玲子さんと血縁ある？　もしかして姉弟？」

青木幸一郎のフェイスブックの友達欄に知っている名前を見つけた相楽さんは、俄然(がぜん)面白くなってきたとばかりに声を弾ませた。

「青木玲子さんって、昔よくヴァイオリンのコンクールで見かけたんだけど、すっごい美人なの。背も高くてモデルみたいな。ちょっと憧れてたんだよね～。かなり上手だったしいい先生についてたんだけど、本人はそこまでやる気なかったみたいで、音大とかには進まなかったらしいけど。たしか留学したんじゃなかったっけ？」

「うん、お姉さんはずっとロンドンにいるって言ってた」

「え！　じゃあそうだよ。絶対そう、青木玲子さんの弟なんだ。青木家って、たしか政治家とかも出てる家系だよ。うちの母親がそんなこと言ってた気がする」

「政治家!?」

　華子は思わず大きな声になった。

　相楽さんは少し考えて、父親の名前はわかる？　と華子にたずねた。

　華子は軽井沢の別荘で目にした表札を思い出してみる。青木幸太郎(こうたろう)だったか、青木幸(こう)次郎(じろう)だったか。当てずっぽうでいくつかの名前を相楽さんに投げた。そして相楽さんはすぐさま検索にかけて、幸一郎の父親らしき人物をみるみる特定してみせたのだった。

　ネット上のいくつかの記事やウィキペディアを見ると、青木家はかなりの家柄のようだ。

「江戸時代に廻船問屋（かいせんどんや）を営み栄えた青木家の初代当主は、海運王として、越後の石油王と呼ばれた中野貫一（なかのかんいち）に並び称された……とかなんとか書いてあるんだけど、マジ？」

海運王という歴史ロマン漂う言葉に、相楽さんは思わず吹き出している。華子も最初のうちは「なにそれ」と半笑いだったが、記事をいくつか読むうちに、その出自は信憑性（しんぴょうせい）を増していった。

青木家はある地方の廻船問屋をルーツに持つ名家で、歴代当主が政治の世界に進出しているのは、どうやら間違いなさそうだった。地元の県議会議員を何代かにわたって務め、やがて衆議院議員となって戦後に運輸大臣にまで上り詰めた人物を出しているという。その人物の妻は子爵の家の生まれだが、華族令廃止によって民間人となったことが記されていた。

「ひぇぇ～スゴいじゃん。華子、めっちゃ玉の輿（こし）！」

相楽さんはゴシップを楽しむ調子で囃（はや）し立てるが、

「ちょっと……それはさすがに引いちゃうな」

華子は青ざめている。

怖気（おじけ）づく華子に、相楽さんはこう言った。

「なに言ってんの、華子にピッタリじゃん！」

「そうなの……？」

「めちゃくちゃしっくりきてるから」

「……そう？」

「そうだよ！　幸一郎さんもそう思ってるから、会ってすぐ華子と結婚しようって決めたんじゃない？　絶対そうだって」

相楽さんは太鼓判を押すが、華子はなおも自信が持てない。

いじいじしている華子を、相楽さんはこう励ました。

「別にさぁ、見初められたってことでいいんじゃない？　わかんないけどほとんどの男の人って、自分よりスペック的に上の相手には、あんま興味ないんだよ。華子みたいに、可愛くて、年齢もちょっと下で、育ちも良くてちゃんとした学校を卒業してて、仕事バリバリってわけでもないタイプが、結婚相手としてちょうどいいって思うのは、普通のことなんじゃないの？　これまでの婚活で出会った男たちの方がダメダメだっただけで。幸一郎さんみたいな人が、華子みたいな子を奥さんにしようと思うのは、すごく順当なチョイスだとあたしは思うよ」

8

翌年の元日、華子は榛原家が集う帝国ホテルでの年始の昼食会に、今年は顔を出すことができなかった。青木家の自宅に招かれていたのだ。

大使館が点在する神谷町の一角に、青木家の屋敷はあった。どこまでも白い塀が続き、門の中に入ると、敷地内に三軒の家が建っているのに度肝を抜かれる。

「あのぅ……これ全部がおうちですか？」

「ああ。あれが祖父母の家で、こっちにうちの両親が住んでて、向こうが伯父夫婦のうち。いまは子供が全員独立したから、ここに住んでるのは年寄りばっかだな」

「広いですね……」

祖父母の家は旧家然とした瓦屋根の日本家屋だが、ほかの二つの家は要塞のような二階建てだった。門から延びるスロープの先に、それぞれ車が横並びで停められるガレージが付いている。そして家屋をゆったりと囲うように、楓や松が植わった日本庭園が広がっていた。

「あの池に、鯉とかいます？」

「たぶん。死んでなければ」

幸一郎は飛び石をひょいひょいと長い脚で歩き、池のほとりにしゃがみ込んで池の鯉を覗くと、「すげーでかくなってる」と無邪気に笑う。

華子はお屋敷を見上げ、ため息まじりに言った。

「ほんとに立派ですね。こんな豪邸の中に入るの、はじめてです」

幸一郎はニヒルに吐き捨てた。

「豪邸なんて持つもんじゃないよ。庭の維持費だけでも相当かかってるはずだし、家の管理にみんな神経すり減らしてる。とにかく固定資産税がバカみたいに高いから、実際はそんなに裕福ってわけでもないんだ」

「そうなんですか」

「祖父が死んだら、相続税でまた大変な目に遭うはずだよ」

「そういえばうちもおじいちゃまが亡くなったあと、相続税のために家と土地を処分しました。それでおばあちゃまはいま、マンションで暮らしてます」

「うちも遠からずそうなる運命だろうな」

幸一郎はふぅと息を吐き、「それじゃあ行きますか」と立ち上がった。

祖父母の家の呼び鈴を鳴らすと、お手伝いさんが重たそうに引き戸のドアを開けて、中に通してくれる。玄関はキングサイズのベッドが余裕で置けそうなほど広く、沓脱ぎ(くつぬ)石には革靴や女性物のハイヒールが並び、上がり框(がまち)には丈夫で硬そうなスリッパが二人分、きっちり並べてあった。

華子がコートを脱ごうともたつくと、お手伝いさんがすっと手を貸して、

「こちらでお預かりしますね」

親しみやすい笑顔とともに言う。

お手伝いさんはいかにも気のいいおばさんといった感じで、その柔和な対応に、華子はやっと人心地ついた。

「あのこれ……」

手土産に持参したとらやの紙袋を差し出す。

「まあまあありがとうございます。こちらもお預かりして、あとでお出ししますね。みなさんもうお揃いですので、こちらへ」

通された応接間には、ずらりと年配の親族が揃っていた。詰めれば十二人は座れるダイニングテーブルはオーク材の重苦しいイギリス家具で、壁には田園を描いた風景画が飾られている。いちばん奥の上座に座っている面長の老人が、「おお」と言って手を上げながら、

「やっと来たか」

くしゃりと相好(そうごう)を崩した。

おそらくはこの人物が祖父であろう。そして手前に座った和服姿の女性が祖母。華子の両親と同じくらいの年格好の女性が二人と、男性が一人。男性はスーツを、女性陣は地味なツーピースを着ている。一見するとどちらが幸一郎の母親かわからず、華子は少し混乱しながら、誰とも目を合わさずに幸一郎の陰に隠れた。

「じぃじ、結婚相手を連れて来ましたよ」

幸一郎は祖父を「じぃじ」と呼んだ。じぃじはかなりの高齢だったが、まだ矍鑠(かくしゃく)としている。鷹(たか)のように鋭い目を華子に向けると、

「名前は？」

威厳たっぷりな太い声でたずねた。

華子は慌てて背筋を伸ばし、

「榛原華子といいます。はじめてお目にかかります。お招きくださりありがとうございます」

気に入られたい一心で丁重に頭を下げる。

「まあまあ座りなさい」

じぃじはそう言って、自分の真横の席を勧めた。それから朝礼でスピーチする校長先生のように、さまざまな所感を全員に向かって語り、こうして幸一郎のお嫁さんとなる人を迎えられてうれしいと言って、乾杯の音頭を取った。

じぃじの号令によってはじめられた食事は仕出しのお節で、椀物と焼き魚以外はどれもひんやりしていた。数の子、黒豆、伊達巻(だてまき)、田作り……。単に華子に精神的な余裕がないから味がしないのか、それとも本当に美味しくないのか判別しかねる、実にぼんやりとした味であった。

会話の中心はじぃじであり、じぃじの言ったことに対してそれぞれが感想を述べる形

でなんとなく弾んでいる。応接間はガス暖房で暖められているらしく、華子は緊張も相まってだんだん軽い頭痛がしてきたが、なんとか笑顔は絶やさなかった。

会話がぷつんと途切れ、誰もが次の話題を待っているような間が空くと、華子から見て斜向(はすむ)かいの位置に座った女性が、

「幸一郎の母です」と名乗り、「華子さんは、ご実家にお住まいなのかしら？」とたずねた。

「はい。ずっと松濤の実家にいます」

「お父様はどんな仕事をなさってるのかしら」

立て続けに質問が飛ぶ。

「松濤で整形外科医院をやっています」

という華子の答えに、

「母方は会社経営をされているそうです」

幸一郎が補足する形で言った。

そこからは、堰(せき)を切ったように矢継ぎ早に質問が繰り出された。

「留学の経験などはおありなのかしら？」

「夏休みに一ヶ月だけ、カナダに短期留学したことがあります」

「英語はどのくらい喋れるの？」

「えっと……少しは」

「少し？　それじゃあもっとお勉強しなくちゃ、ねえ」

「はあ……」華子は小さくなって答えた。

「質問攻めも大概にしなさい」

隣に座る夫――幸一郎の父にたしなめられるが、女性陣に結婚話ではしゃぐなというのは無理な話だった。

「うちはみんなオークラで挙げてるでしょう？」

「オークラ、年内に本館を建て替えるらしいわよ」と伯母。

「それ本当？」

「東京オリンピックに向けて壊しちゃうんですって」

「あら、噂には聞いてたけど……」

祖母は残念そうだ。

「だったら建て替え前にお式を挙げるといいわ」

幸一郎の母が華子に向かって、なんとも断定的なものいいで言った。その何気ない発言だけで、彼女がどういう人物であるか華子には察しがついた。自分がいちばん正しいと信じて疑わない、自分のものさしでしか人をはかれない、狭い世界に君臨してきた女性。そういうおばさまは往々にして、美しいものや文化をこよなく愛し教養もあるが、なぜかそれが内面の寛容さには一切結びつかないのだった。華子は内心ため息をつきつつ、愛想のいい笑顔でかわす。

「なら、遅くても八月ね」

「ああやだ、真夏の結婚式だなんて。汗だくになって黒留着なきゃいけないの」

女性二人はもう着るもののことで揉めている。

「結納はするのかしら？」

祖母が幸一郎に、心配そうにたずねる。

「さぁ、まだなにも決めてないけど。ばぁばがしろって言うならするよ？」

幸一郎はにっこりと微笑み、祖母に向かってリップサービスしてみせた。

「華子さん」

唐突に、じぃじが名前を呼んだ。その一喝で、場の空気がピリッと引き締まる。

「あなたのこと、先に幸一郎から聞いていてね、こっちでしっかり調べさせてもらいました」

「……？」華子はなんのことかわからず、きょとんとしてしまった。

不思議そうに見回すと、みな共犯者のような空気を放ちながら知らん顔で箸を動かしている。

「この話、進めてもらって構わないから。幸一郎のこと、よろしく頼むよ」

「……こちらこそ、よろしくお願いいたします」

華子はわけもわからず、深々と頭を下げた。

調べさせてもらったとは、なんのことだったのか。

あとで幸一郎に訊くと、

「ああ、興信所じゃない？」

と軽く言われ、華子は面食らった。

青木家はそういうことをするタイプの家なのかと思うと、嫁ぐ側としてはさすがに身がすくむ。華子はこれまで、自分の家を恥じたりコンプレックスに感じたりしたことは一度もなかったが、青木家に比べるとちっぽけに思えてなんとも心許ない。

幸一郎の父の兄は、衆議院だか参議院だかの議員をしており非常に忙しい人物らしく、食事会には不参加だった。伯父の家にも子供が二人いるが、どちらも女の子で、すでに結婚して家を出ているという。つまり幸一郎は、青木家の跡継ぎであることがこのときわかった。

「だから早く結婚しろしろって、じぃじはせっついてたんだよ。僕も結婚するならじぃじが元気なうちにしたかったし」

「……お祖父様と、仲がいいんですね」

「ああ。じぃじのことは尊敬してるからね」

幸一郎はいっさいの照れもなく断言した。

華子もその気持ちは理解できる気がする。祖父母への思慕や忠誠心は、関係性が近すぎて反撥の対象になりかねない両親とは違って、無条件に強くなるものなのだ。幸一郎の祖父がどんなに酷い人物でも、その尊敬と愛情は揺らがないだろう。

食事会のときに、幸一郎が自分の父親とほとんど口を利かなかったことが、いまさらながら華子は気にかかった。もしかしたら父との関係は、あまりうまくいっていないのかもしれない。いずれにせよ、興信所の件を思い出すたび、なんだか割り切れない気分になった。もちろん、結婚に際して興信所に身辺を調べてもらう習慣があったことは知識としては知っていたが、そんなものはせいぜい自分の母親の代までの話かと思っていたのだ。

「……わたしのこと、もうお祖父様に言ってあったんですね」

華子はうつむき加減にぽそりと言った。

「嫌?」

「嫌じゃないですけど、知らないうちに興信所に調べられていたなんて、ちょっとショックで」

「じぃじは別に、失礼な行為とは思ってないみたいだから。昔はそれが普通だったんだし、それに榛原家に後ろ暗いとこなんてないだろ？」

「まあそうですけど……」

「じゃあいいじゃん」

「そうですけど……」

と言いながらも、わだかまりは残る。

不安そうにする華子だったが、幸一郎からは、

「そうだな、英語は別にいいけど、あとは料理だな。それだけできればいいんじゃないの？」

という、どこか他人事（ひとごと）のような言葉が返ってきた。


親族への挨拶という一大イベントを終え、華子は残りの正月休みをだらだらとうちで過ごしていた。バカ騒ぎに終始する正月特番を見ながら、買い込んだウェディング雑誌をめくる。25ans（ヴァンサンカン）ウエディング、CLASSY.WEDDING（クラッシィウエディング）、ELLE mariage（エル・マリアージュ）……ドレスはどんなのにしようか、ブーケはどうしようか。華子はお姫様に憧れる少女のように胸を躍らせた。

夜遅く、ベッドに横になってスタンドライトを消した瞬間、ＬＩＮＥの無料通話の着信音が鳴った。見ると、相楽さんからである。

電話の向こうの相楽さんは、明らかに興奮していた。

「華子、いまなにしてた？」

「え、寝るとこだよ、なに？」

「いまから言う話聞いたら、眠れなくなるかもしれないけど、いい？」

相楽さんときたら、脅かすような言い方である。

問答無用で相楽さんは、ついさっき遭遇した出来事を話し出した。

正月休み最後の日曜、相楽さんはさる有名ソムリエが主催している会員制のシャンパンパーティーで、ヴァイオリンを演奏するアルバイトをしていたという。六本木にあるレストランを貸し切って、国内では小売りされていないシャンパンを作り手を招いて味わおうという会である。いかにも酒好きといったバブルの残り香のする中高年もいれば、この手のパーティーに頻繁に顔を出しているようなモデルやグラビアアイドルの子たちも来ていたりと、なかなか華やかな雰囲気。休憩中、相楽さんがお客に交じってシャンパンを呷(あお)ったり、ウエイターが運ぶオードブルをつまんだりしていると、こぎれいな女性がすーっと近づいて来て、こう話しかけた。

「素敵な演奏ですね。わたし、ヴァイオリンの生演奏をこんなに近くで聴いたのははじめてです。すごい鳥肌立った」

彼女はそう言いながら、黒いワンピースドレスの袖をまくり上げ、腕をさすってみせた。

相楽さんも気を良くして、ずいぶん話も弾んだそうだ。

二人ともこのパーティーに参加していながら、心の奥底ではここへ来るような人種を軽蔑してもいて、アウトサイダーのような立ち位置であることが言葉の端から滲むので、相楽さんも「おお、仲間！」といった感じで調子を合わせて盛り上がった。黒いワンピースドレスの彼女は、IT系の企業に勤めているらしかったが、「アプリとかも作ってるブラックなとこなんで」と自虐的である。それから、本気なのか社交辞令なのか、「もしよかったら、今度うちが主催するパーティーでも演奏してくれませんか？」などと言いながら、連絡先を差し出そうとしてきた。

ところが彼女が持っているクラッチバッグの中に名刺入れは見つからず、「あれ？　ごめんなさい、どうしよう……。あ、LINEとか？　でもいきなりLINE交換しようとか、ちょっと怪しいですよね……」などと笑っている。

「全然いいですよLINEで」

相楽さんが言ったそのときだった。

彼女の連れと思しき、背の高いハンサムな男性が、

「どうした？」

と声をかけてきたのだ。

「あ、彼女に名刺渡したいんだけど、いま持ってなくて……」

するとと彼は胸ポケットをまさぐり、

「これの裏に書いたら?」

自分の名刺とともに、モンブランのボールペンを彼女に差し出した。

女はさらさらと名刺の裏に名前とアドレスを書き、相楽さんに渡した。

「その名刺のね、表を見たら、青木幸一郎って書いてあるじゃない! あたしもうビックリしちゃって、それで慌てて電話したんだけど、これって華子の婚約者だよね? ね?」

相楽さんはまだ会場にいるらしく、声を潜めながら、しかし大きく力を込めて言った。

「間違いないよ。その名刺にも弁護士って書いてあったし。ねえ、よく知らないけどさあ、完全に恋人同士って感じがしたんだけど、その二人。華子、知ってた?」

華子はガバリと身を起こし、

「知らないよ……なにそれ……全然知らない……ほんとに知らない」

かすれた声で震えるように言った。

「あとでその名刺の裏、写真に撮ってＬＩＮＥするから。ちゃんと調べて、どういう関係かはっきりさせて、結婚する前に手を切らせた方がいいと思う。じゃあ、あたしまだ出番残ってるから、切るね。とりあえずその名刺の画像、すぐＬＩＮＥする」

「う、うん……」

華子は、どうしていいかわからないまま、スマホを握りしめた。

やがてスマホが鳴って画面を見ると、見覚えのある、こんな名前が表示されていた。

〈時岡美紀　tokioka@xxxx.co.jp〉

第二章　外部（ある地方都市と女子の運命）

1

新入生で沸き立つ慶應義塾大学日吉キャンパスの銀杏並木を、ピンストライプのネイビースーツに身を包んだ十八歳の青木幸一郎が、ゆらゆら歩いている。四、五人の友人と連れ立って、微塵も気負いがない。入学式だというのに記念撮影のシャッターを人に頼むことも、友達を作らなければと焦る様子もなく、彼らはすでに倦んだような顔をして仲間同士で群れ、じゃれ合っていた。つまらなそうに暇を潰すダラダラした素振りは、休み時間の延長のようだ。

それもそのはず、彼らは大学の校舎からほんの数十メートル離れた場所に建つ高校に三年間通っていたわけだから、ここはまぎれもなく彼らのテリトリーなのだった。地元のようにリラックスして振る舞う彼らの少し粗野な態度は、田舎から出てきたばかりで緊張した新入生たちを大いに威圧するが、幸一郎たちがそのことに気を留める気配はまるでなかった。見知らぬ新入生などまったく目に入っていないのかもしれないし、自分たちとまるきり違う立場の人間の気持ちをいちいち汲み取れるほどまだ大人ではないのかもしれない。いずれにせよ彼らは、自分たちにとって馴染み深いこのキャンパスを、大勢の知らない人間がお祭り気分でわいわい踏み荒らしているのを、どこか冷めた、諦めたような目で眺めているのだった。幸一郎たちのグループは人混みを避けて中庭に場所を移し、植え込みのベンチに陣取って気怠(けだる)くだべった。以来そこが、彼らの定位置となった。

　同じころ十八歳の時岡美紀は、「平成十三年度慶應義塾大学入学式」と書かれた看板の前に立ち、田舎から出てきた母親と並んで、はにかみながら写真を撮ってもらっている。シャッターボタンを押したのは、美紀とともに同じ高校から慶應に進んだ唯一の女子である平田佳代(ひらたかよ)だが、以前から仲が良かったというわけではなかった。地味で努力家、ガリ勉タイプの美紀と比べると、平田さんは進学校ではめずらしく流行に敏感なタイプ。平田さんはオリエンテーションで一緒になった子からすでにいろんな情報を聞き出していて、右も左もわからない美紀にあれこれ教えてくれた。

「日吉駅にあったでっかい銀の玉のオブジェ、見た？」

「え、よく見てなかった」

「あったじゃない、ほら、こんな大きな」と、美紀の母が代わりにこたえている。

「あの玉、〝ぎんたま〟って呼ばれてるんだって。駅の向こう側の商店街は見た？」

「ううん、まだ」

「あっち側は〝ひようら〟って言うらしいよ」

「へーそうなんだ」と、つまらない返ししかできない。

一方平田さんはハキハキと快活で、

「この銀杏並木、いまは枝しかないけど、秋には真っ黄色になるんですよ」

気をつかって美紀の母までナビゲートしてくれた。

美紀は地獄の受験戦争を勝ち抜いてこの場所へ晴れがましい気持ちでやって来ているが、ツーピースのジャケットの胸元に野暮ったいコサージュをつけた母親と連れ立っていることも恥ずかしければ、中途半端に伸びたショートの髪型も、量販店で買った安物のスーツもなにもかも気に入らず、わずかばかりの自信もなくて、おどおどしているのを隠すのに必死だった。平田さんを見ていると、慶應大学に合格するほどの勉強量をこなしながら、化粧の仕方を憶える時間などいつあったのだろうかと不思議に思ってしまう。

さらに謎だったのは、スーツ姿の新入生らしき人の中に、平田さんよりもはるかに垢抜けた、ファッション雑誌から抜け出てきたようなきらきらした子たちが交ざっていることだった。ブランド物のバッグを提げて高いヒールの靴を履き、化粧もバッチリ。彼女たちはなぜだかすでにグループができていて、一体いつの間に仲良くなったんだろうと美紀は思う。あたしが出席したオリエンテーション以外に、親睦を深める機会がなにかあったのだろうか。入学式という状況に、まるで物怖じせずに振る舞う都会的な女の子たちの――そして彼女たちを取り巻くスマートな風貌の男子たちの――存在によって、美紀のいたたまれない気持ちは加速し、より一層アウェイ感を抱いてしまうのだった。

「ねえ、あの人たち何者なの？」

美紀は中庭のベンチにたむろしているグループを指して、平田さんにたずねた。

「ああ、内部生でしょ」

「内部生？」

「うん。慶應ってエスカレーター式だから、高校からそのまま上がってくる人がいっぱいいるらしいよ」

美紀は高三の担任に取り寄せてもらった学校案内のパンフレットを思い出した。埼玉や湘南、果てはニューヨークにまで関連校があることに、担任の先生も驚いていた。

「中学受験で入ってくる人もいるし、高校から来てる人もいるんだって。でもいちばんすごいのは、幼稚舎からの人たちらしい」

平田さんはそこで、なぜか声をひそめた。

「幼稚舎って、幼稚園から慶應ってこと？」

「違う違う。小学校を、幼稚舎って呼ぶの」

「あたしもよくわかんないけど、幼稚舎から慶應の人がいちばんエリートで、ポジション的に上なんだって。政治家とか、本物の金持ちの子供がいるんだって」

「へぇー……知らなかった」

「本物の金持ちってなに？　社長ってこと？」

美紀が半笑いで訊くと、平田さんも「さぁ」と首を傾げる。

「東京とか埼玉に住んでる普通の家の子は、中学とか高校で受験して入ってくるみたい」

「じゃあうちらみたいに大学受験で入ってくるのは、地方の人ばっかりってこと？」

「そう。だからうちらは、外部生」

「外部生……」

まるで〝部外者〟みたいな聞き慣れないその言葉を、美紀はぽそりと反芻した。

入学式が終わると、母親は今日中に家に帰って夕飯の支度をしなくちゃいけないからと、東京駅に向かった。

「送って行こうか」

美紀が言うと、

「あんたは平田さんといなさい」

母は一人ですたすたと日吉駅の改札に入ってしまう。

母が一人で電車を乗り継いだり、駅の構内で迷子になったりするところを想像すると、胸が締め付けられた。見えなくなるまで背中を見送りたい気持ちもあったけれど、平田さんの手前、美紀はほどなく「行こっか」と切り上げた。平田さんは「いいの？」と訊いてくれたが、美紀は「うん」と、なんでもないことのように言ってみせた。

「ところでミキティは、なんで文学部なの？」

授業がはじまってしばらく経ってから、平田さんに訊かれたことがある。

大学には、一年のうちから公認会計士や司法試験の勉強をしているような人もいて、受験だけを目標にしてやってきた平田さんは、「どうしよう、あたしなにも考えてないや」と不安を吐露した。就職氷河期と言われた時代——。平田さんはすでに、「強力なコネのある内部生でもない限り、慶應卒だとしても就活では苦労する」という情報を仕入れており、将来を憂えていた。

「別に政治とか経済とかには興味ないじゃん。ってなると人文系かなーって、あんまり深く考えずに文学部にしたんだけど、よく考えたら就職に有利なのって、絶対経済学部の方だよね。あーミスった。で、ミキティは？　なんで文学部？　本好きなの？」

「いや、えっと……英米文学を専攻して、英語喋れるようになりたくて」

美紀がこたえると、

「ああ、わかる〜！」

平田さんは大いに膝を打った。

「憧れるよね、バイリンガルとか」

平田さんには黙っていたが、美紀には漠然と、将来は外交官になりたいという夢があった。小学生のころ雅子さまフィーバーだったこともあって、外交官という職業にぼんやりと憧れていたのだ。

英語を流暢に操る人に、美紀は小さなころから無性に憧れていた。英語さえ話せれば、どこへでも羽ばたいて行けるような気がした。もともと英語は好きだし得意科目だった。慶應で英米文学を専攻すれば、外交官になれるかどうかはさておき、英語くらいはペラペラになるのではと、ほのかに期待していたのだ。

ところがここには、本物の帰国子女が普通にいて、彼らは当然のように海外文学を原書で読み、欧米風のこなれた大きなジェスチャーでもって、自信たっぷりにネイティブ並みの発音で英語を話した。その堂々たる存在感に、美紀は完全に圧倒された。帰国子女の女の子は夏になるとてらいなくLA風の装いをし、当たり前みたいにサングラスをかけ、ひょいと頭の上へ持ち上げてヘアバンド代わりにしたりする。

授業で一緒になると、美紀はわざと彼女たちの近くの席を選んだ。真後ろに陣取り、聞くともなしにその会話に耳をそばだてたこともある。間近で見ると彼女たちの髪は、軽やかな色にカラーリングされ、手入れが行き届き、さらさらしてとてもきれいだった。つい先月号のファッション誌で紹介されていたルイ・ヴィトンのヴェルニを当然のように持っているのには、わが目を疑った。帰国子女の親の多くが、大手の商社勤めで、海外勤務に家族みんなでついて行き、子供のころから現地の学校に通っているおかげで自然と英語を習得したという。美紀がこれからどうがんばって勉強しても、あんなふうに完璧な発音で英語を話すことは、きっと一生できないだろう。また受験のときのような努力をして、TOEIC満点を目指そうなどという気はもはや起きなかった。美紀は彼女たちの存在によって、嫌というほど思い知ったのだった。自分は彼女たちと、生まれた瞬間から途方もなく大きく水をあけられていて、その差はこの先何年経っても、縮まることは決してないのだと。

中庭のベンチでくつろぐ特権階級的な内部生は、まるでこの世界は全部自分たちのものみたいな顔をして、悠々とその一等地を占拠していた。

美紀は内部生の男子とはほとんど接触したことはなかった。なんだか怖くて、目も合わさないようにしていたくらいだ。遠目から眺めたり、すれ違いざまに周辺視野で意識したりするだけで、ドキドキするほど遠い存在だった。

それがたった一度だけ、彼らのうちの一人に声をかけられたことがある。

心理学の授業のあとだった。みんなが散り散りに立ち去っていった教室で、その人は

すっと美紀に近づき、

「悪い、ノート貸してくれない？」

　手を合わせながら、にこりと笑顔でせがんだのである。

「……はい」

　美紀はこくんとうなずくと、背負っていたリュックから慌ててルーズリーフを取り出し、その人に手渡した。

「サンキュ。あとで返すね」

　彼は受け取ったルーズリーフをひらりと上げてお礼を言うと、颯爽とどこかへ消えた。

　あとでと言われ、美紀はそのまましばらく教室で待っていたが、彼は戻って来なかった。そのルーズリーフは後日、内部生の女の子を通して返された。

「これ、青木くんから」

「え？」

「貸したでしょ？　青木幸一郎に」

　青木幸一郎はすらりと背が高く、肌は上品に白く、坊ちゃん刈りの黒い髪がさらさらと音を立てそうに揺れる。いかにも育ちの良さそうな襟付きのシャツを着て、鞄（かばん）はいつも同じトートバッグ。美紀はずっとあとで、それがエルメスのフールトゥだと知った。

内部生同士は男女の垣根なく仲が良く、いつも中庭のベンチでオーラを振りまいていた。その様子はテレビドラマみたいに空々しいが、まぎれもない現実である。まさに理想的なキャンパスライフそのもの。ただし一歩輪の外に立って眺めると、鉄のカーテンよろしく内と外とがはっきり線引きされていて、一般人には近づけない空気があった。その内側は絶対的な優越感で区分され、なんとも言えず排他的なのだ。本人たちは至って無邪気だが、どこか怖いような、安易に近づけない威圧感が漂う。

美紀は彼らを直視しないよう注意を払いつつ、その実、中庭で彼らの前を通り過ぎるときは人一倍意識し、視界の端っこに彼らの姿を捉え、じっくりと観察したりした。

平田さんは内部生たちを、「いいとこの子」と称した。

〝いいとこの子〟には二種類ある。強欲でワガママで、お高くとまった下品な金持ちというイメージは、一代で財を築いた成金特有のもので、慶應にいるお金持ちは、何世代も続く裕福な家に生まれたタイプが多かった。彼らはむしろおっとり育てられ、ガツガツしたところがまるでない。東京が地元で、実家から大学へのんびり通ってくる。お金があると心にまで余裕があるみたいだ。集団では恐ろしいが、一人一人は優しい性格で、とても感じがよかった。

その〝いいとこの子〟の一人と平田さんが親しくなったのは、ゴールデンウィークが明けたころ。大学一年の春は行事が盛りだくさんでめまぐるしく、状況や人間関係は刻一刻と変化する。平田さんは新しくできた友達にみるみる感化されていった。仕送りだけじゃ服も買えないと嘆き、時給の良さに惹かれて来月から渋谷の居酒屋でアルバイトをはじめると言う。

「ミキティも一緒にどう？」

と誘われたが、断った。

バイタリティに満ち満ちた平田さんにつき合っていると、正直身がもたない。平田さんは授業の履修申告から食堂のシステム、合コンの誘いまで、いろいろ世話を焼いてくれたが、なんでも吸収したがる彼女と一緒にいると、美紀はヘトヘトになった。体力的にも精神的にも金銭的にも、ついて行けないと思いはじめていた。

平田さんは遊びにも積極的に誘ってくれ、一度その〝いいとこの子〟につき合って、新宿まで出たことがあった。日吉駅から渋谷へは電車で一本だが、他の路線に乗り換えてそれより先へ行くとなると、美紀はひるんでしまう。まして山手線に乗るのは憂鬱以外のなにものでもなかった。

〝いいとこの子〟は、

「ちょっと行ってみたくて」

と楽しげに、新宿駅の人混みをすいすい前へ進む。

どうしてわたしたちを誘ってくれたのかと訊くと、

「まだ行ってないのあたしだけだから、恥ずかしくって」

　可愛らしく唇をすぼめた。

　行き先がわかっていない美紀にはなんのことかさっぱりだったが、訊くと、

「着いてからのお楽しみ！」

　とはぐらかされてしまう。

　彼女は新宿駅から少し歩くからと、当たり前のようにタクシーを拾うので、美紀は度肝を抜かれた。美紀がこんなふうにタクシーを気軽に使うようになるのは、ずっとあとのことだ。

　着いたのは、パークハイアット東京という高級ホテルだった。彼女はそこで、アフタヌーンティーをしたいのだと言った。すでに三人分の予約も入れてあるという。

「アフタヌーンティーって、雑貨屋の？」と平田さん。

「違う違う！」

　あははは、と彼女は愉快そうに笑った。

　タクシーがパークタワーの重厚なエントランスに横付けされる。ベルボーイに迎えられ、さすがの平田さんも、

「え、ここに入るの!?」

　顔を引きつらせた。

2

三十二歳になった時岡美紀は、上京当時の気持ちをいまも鮮明に思い出すことができる。東京で一人暮らしするようになって十年以上が経ち、なんだって笑い話にできる大人の女になったけれど、十八歳の自分はいまも確かに心の奥にいて、時々顔を覗かせることがあった。

年末の東京駅はとりわけそういう感傷を引き起こすのにうってつけだ。分厚いコートを着込んで重い荷物を抱えた人々がコンコースに溢れ、辺り一面にヒステリックな空気が立ち込めている。若者や家族連れ、田舎から出てきたような老夫婦の姿も見える。東京中の人間がいまここに集まっているのではないかというほど、圧倒されるような混雑である。

お土産や弁当の売り場には人が大挙して押し寄せ、商品が飛ぶように売れていく。柱の周りに置かれた丸い椅子やちょっとした段差など、腰を下ろせそうな場所には電車を待ちくたびれた人々がぐったりしながら体を休めている。みな命からがらといった様子で人混みに辟易(へきえき)し疲れていたが、人は減ることなく、次から次へとやって来た。人々は電車に乗り込み、電車はまた別の人たちを運んできた。

東京の人間なら人混みに慣れているかと言えばそうでもなくて、よくよく注視してみれば、この異常な混雑が平気な人など誰もいない。時岡美紀もそうだ。雑踏に紛れて歩く彼女は、流行りのチェスターコートを羽織ってショートブーツを履き、ミドルサイズのキャリーバッグを人に当てないよう巧みに操ってはいるが、切符を片手に案内板を見上げる表情はどこか硬い。長年東京に住み、帰省なんて何十回と繰り返してきたにもかかわらず、この時期に新幹線に乗るのはいつだってストレスフルだし、きまってナーバスになった。

自動改札機を通り、新幹線のホームへ延びるエスカレーターに乗った美紀は、腕にはブランドもののバッグを提げ、長い髪を大判のストールにふわりと巻き込み、ウールのセンタープレスパンツをきれいに穿きこなしている。すっと背筋が伸びて隅から隅まで都会的な雰囲気を纏っていたが、それは美紀がこの十数年の間、少しずつ少しずつ、自分の手で獲得していったものだ。新幹線に乗り込んだ美紀は、キャリーバッグを荷物棚に上げた。通路側の席にはいかにも上京して間もない女子大生風の子が座り、スマホでしきりにＬＩＮＥのやり取りをしている。座席の足元にはディズニーキャラクターがプリントされたビニール製のキャリーバッグがでんと置かれて塞がれ、美紀はそれを大股で跨ぎ、ようやく自分の席に腰を下ろした。脱いだコートをフックに掛け、シートを倒し、ストールを膝掛けにして休む体勢を手早く整える。それから車窓の景色などお構いなしに、すぐ目を閉じた。

隣の女子大生には、どこか遠足めいた非日常の楽しさが漂っているが、美紀にしてみれば正月の帰省は、飽き飽きするほど繰り返してきた年中行事である。年にたった一度。でもそれすら億劫で、この時期は気が滅入った。去年は東京駅まで行ったもののどうしても田舎に帰りたくなくて、土壇場で切符をキャンセルしてしまった。親にはひどい風邪をひいたと電話で嘘をついた。

嘘をついてまで東京に居残って一人で迎えた正月は、ひどく侘しかった。二回もピザを取ってＨｕｌｕでたいして面白くない海外ドラマを一気に見て、ネットで靴を二足買った。こんなことなら帰ってもよかったなとかすかに思いつつ、それでも地元の悲しくなるほど活気のない街や、完全に時間が止まった実家の居間で、なにをするでもなく箱根駅伝を見ているときのどうしようもなく倦んだ気分を思い出すだけで、いやいや自分の判断は間違ってなかったと美紀は思い直した。

去年のちょうどいまごろは、つき合っていた人と別れ、落ち込んでもいた。

二十代で恋人と別れるときは、寂しさを補って余りあるほど、前進や成長の手応えがあったものだけど、三十代の別れにそんなポジティブな要素はなかった。三十歳を過ぎて恋人と別れることが、こんなに堪えるものだとは知らなかった。そして美紀は気がついた。自分はもう、前進も成長もしようのないところまで来ているのだと。恋人がいなくなった寂しさに耐えて、慣れて、それが平気になるまで待つしかないのだと。

彼氏と別れたことを、誰かに話して慰めてもらう気にもなれない。そんな一時的な気慰み(なぐさ)は無意味だと知っているのだ。美紀は自分の心が平安を取り戻すのを、思いきり自堕落に過ごしながら、一人じっと待つことにした。少なくともそれは正しい判断だった。もしあの精神状態で実家に帰っていたらと思うとぞっとする。誰とも話の合わない場所で神経を参らせている自分も、存外居心地がよくてうっかり里心がつき、実家に戻ろうと勢いで決める自分も、どっちも想像できる。

どんなに寂しくても構わなかった。東京に一人でいられる自由に、美紀は感謝した。

そんなこともあって親の手前、今年は年末年始を実家で過ごすことにしたのだった。大晦日(おおみそか)は母親の作った年越し蕎麦を食べながら、どうせ紅白歌合戦を最初から最後まで見ることになるのだろう。元日と二日はとくに予定もないが、初詣くらいは家族で行くかもしれない。

三日には高校の同窓会があった。美紀の母校は県でトップの進学校だ。同級生は県内中から集まった秀才ばかりで、みな国立大か有名私大を目指してひたすら勉強し、卒業後は多くが県外へとちらばって行く。クラスの半数とはフェイスブックで不可抗力的につながっていて近況などはだだ漏れ状態だが、会うのは十数年ぶりという人も多い。

同窓会で出会いがあればと淡い期待もなくはないが、それ以上に憂鬱だし、緊張してもいた。多くは東京六大学か、関関同立や各地の国立大にすべり込んで都会へ出るものの、堅実な女子は大学を卒業するとUターンして、地元企業に勤める人生を選ぶ。地元に戻った優秀な人材は大方、地方銀行か電力会社か県庁に入っていき、彼女たちは頃合いのタイミングで結婚し子供を産む。きっと実家の近所に新築の家を構えていることだろう。クラスメイトには地元企業の社長の息子や開業医の息子もいたが、都会で経験を積んだ彼らもそろそろ地元に戻って家業を継ぐころだから、いまも東京にいて独身の美紀は、ここでも立場がない。慶應大学に現役合格したものの、二年の途中でドロップアウトしてからは経歴に数年の空白期間があり、ベンチャーのＩＴ企業に中途採用されたのは二十五歳を過ぎてから。会社が急成長したことでなんとか格好がついたけれど、それでも同級生に自分のことを話すのは気が重かった。

新幹線がトンネルを抜け、差し込む西日に目がくらみ、美紀は窓から顔をそむけた。となりで眠りこけている女の子の、幼い感じのする体つきや身のこなし、着ているものや持ち物のいちいちに、思いがけず郷愁をそそられる。自分にもこんな時代があったなあと美紀は思った。短かった大学生活も、いつの間にかとてつもなく遠い過去になっている。

時岡美紀が生まれ育ったのは、漁港で知られた小さな街だ。新幹線を降り、さらに在来線に乗り換えて一時間と少し、そこから車で二十分ほど走ると実家にたどり着く。

美紀が子供だったころは、まだ祖父も父も漁に出ていたし、街は漁業で賑わっていた。祖母も母も家事の傍ら、手さばきで魚を加工する仕事に忙しく、子供たちはほったらかしだが、それで誰かが困るということもない。美紀は学校が終わると弟とともに、商店街の駄菓子屋で買い食いしたり、おもちゃ屋の店先にある対戦ゲームで遊んで過ごした。

駅まで迎えに来てくれたのは、その弟だった。

弟の大輔（だいすけ）は、いまも実家暮らし。

「美紀ちゃん、またすごい格好して来たなぁ」

大輔は開口一番、美紀の都会的なファッションに目を剝（む）き、せせら笑った。

「別に普通ですけど」

美紀はムッとして眉間にしわを寄せながら反論するが、たしかにブランドもののバッグはやり過ぎかもしれないと思う。今年は同窓会もあるから東京にいるときと変わらない格好で来たが、いつもの帰省はもっと加減して、努めてゆるい服を選んでいた。でないとここでは、悪い意味で浮いてしまうのだ。

「なんか恥ずかしいわ」

大輔が美紀の出で立（い）ちを見て無神経に言い放った言葉が、思いのほか胸に刺さる。

東京と地元の街とでは、常識やものの感じ方がくるりと反転しているところがあるが、東京に馴染む努力をした結果、自分は地元じゃ恥ずかしい女になってしまったのかと、美紀は自嘲気味に思った。ヤンキー気質で中学のころから髪を染めたりしていたこの弟にしてみれば、東京に行って弾けた美紀は大学デビューも甚だしく、ダサくてイタい存在なのだろう。思春期に固定した地元のカーストは絶対だ。嫌なら来世に期待するか、二度と帰らないよりほかにない。

ここへ帰ってくれれば方言が戻るように、そういう地元の感覚にも自然とチューニングを合わせられた。だから大輔が、今日の自分の出で立ちを見て「恥ずかしい」と笑った気持ちも美紀には理解できた。それで、

「同窓会あるから」

と付け足しておいた。

そう言っておけば、気張っておしゃれして来たんだと受け流してくれると思って。

「ああ、それでかぁ～」

大輔は素直に察したようだ。

「同窓会ってどっちの？　高校？　中学？」

「高校」

という返事を聞くなり、

「あー、はいはい」

ニヤニヤしている。大輔の感覚では、美紀がわざわざ遠くの進学校に通っていたということも、ちょっと嘲笑めいた反応になってしまうのだ。地元の中学から美紀と同じ進学校に行ったのは、ほんの数人である。

「そっちはないの？　同窓会」

美紀がたずねると、

「俺らはほら、毎日が同窓会みたいなもんだし」とのこと。

大輔はまだ二十代だというのにファッションにはまるで興味がなく、着るものはジャージが中心。しかし車だけは凝る性分で、中古車を次から次へと乗り替えている。今度のはマツダのロードスターという、ツーシーターのスポーツカーだ。

「あんたこそなにこの車。赤いスポーツカーって……」

「へへ、ウケるかと思って」

「ウケるって誰に？」

「え、ツレ」

「ツレってなに？　あんた彼女できたの？」

「違う違う、仲間のこと」

「ああ……」

大輔は地元の食品加工工場で働き、いまも小中の同級生とつるんでいる。仲間には既婚者や子持ちもいるが、お構いなしに飲み歩く。弟は根がお調子者で気のいい奴だが、遊び場がおもちゃ屋の店先から居酒屋に変わっただけで、美紀が知る限り中学時代からなに一つ、驚くほど変わっていなかった。

「で、彼女は？　いないの？」

「いない。セックスフレンドはいるけど」

「それは訊いてないから」

美紀はげんなりした顔で吐き捨てた。

大輔には早く結婚してもらって、奥さんになる人には一刻も早く孫を産んでもらいたいのに。そうしないと、親の「結婚しろ孫の顔見せろ」攻撃の矛先から逃げられないではないか。

車は街の目抜き通りである商店街に入った。

助手席に座る美紀は、スポーツカー特有のエンジンの唸(うな)りを感じながら、街のあまりに閑散とした様子を見て胸を痛めた。

「相変わらず死んでるね」

「あー。みんな向こうにできた道の駅みたいなやつに客取られたから」

大輔の口ぶりは完全に他人事だ。ずっと住んでいると、逆に気にならないものなのか。

美紀の記憶にある街は、もっと人がいて、活気があって、楽しいところだった。一年に一度帰ってくるたび、少しずつ少しずつ寂れていって、ふと気がつくと、商店街はシャッター通りと化し、東京の活況に慣れた美紀の目には、ほとんどゴーストタウンのように映った。アーケードは錆び、申し訳程度に正月飾りが出ているが、肝心の店が開いていなくてはどうしようもない。

「寂しいっしょ」

と大輔は言うが、その声音はあっけらかんとしたものだ。この景色が当たり前すぎて、きっともう、なにも感じないのだ。

こういう物寂しさがひときわ堪え、なんとかしなくちゃと使命感のようなものを感じるのは、美紀の方だった。もう住んでいないくせに、戻って来たくもないくせにと、自分でもその矛盾をどうすることもできない。厄介な郷土愛に、心の中がぐちゃぐちゃになった。

「モール寄る？　俺のセフレが働いとるわ」

うれしそうに言う大輔の言葉で我に返る。

「絶対行きたくない」

美紀は「絶対」に、力を込めて言った。

廃れた街のテンションは低いが、実家のテンションはもっと低い。正月休みに入っている父親はパチンコへ行ったらしく不在。母はお節作りにかかりきりで、台所で振り向きざま「おかえり」と言ったきり、豆の煮え具合に集中している。祖母は夕飯まで自分の部屋でテレビを見ている。美紀は荷物を自分の部屋に運ぶと、脱いだコートを鴨居に吊るして、ベッドに倒れ込んだ。

これでも一応、家族に元気な顔を見せようと思って帰って来ているのだが、毎度のことながら、別に帰って来なくてもよかったんじゃないかと思うほど、歓迎を受けない。美紀も帰省には飽き飽きしているが、家族の方だって同じなのかもしれない。そんなこそんなことより早く結婚して孫を……ということか。だったら最初からそう言ってくれていたらと、美紀は思う。あなたには結婚して、早く孫を産んでもらいたい。それが家族にとっての幸せなのよと、言ってくれればよかったのに。

子供のころから成績だけは抜群に良かった。小学校の通信簿でオールAを叩き出したときは、神童かと噂が立ったほど。こんなに出来がいい子は時岡家はじまって以来、トンビが鷹を産んだ、誰に似たのかと褒めそやされた。褒められれば調子に乗って、ますますがんばった。この街にいたころ、美紀はひたすら勉強に打ち込んだ。

時岡家は代々漁業に携わってきた家系である。七十歳になった祖父が引退するのを機に父も廃業を決め、美紀が中学に上がるころからは、電機メーカーの下請け工場で働くようになった。漁獲量がめっきり減って網元（あみもと）の赤字が続くようになると、漁師だった家がみるみるサラリーマンに鞍替えしていたこともあり、時流に乗ったかたちである。魚の加工会社のパート勤めだった母まで、いつの間にかそこを辞めて、郊外にできたホームセンターでレジを打つようになっていた。

そういった変化を美紀は最初、わが家が突然近代化したようで、どこか誇らしく感じていた。それまでは早朝に漁に出て、その分早くに寝ていた父が、自分と同じタイムスケジュールで生活しているだけで新鮮だった。しかし単調な仕事のせいで父からは覇気がなくなっていったし、家族同然のつき合いだった隣近所との縁も自然と薄れ、季節ごとの行事も端折るようになり、土地に根ざした暮らしではなくなっていく。そのうち祖父の体の具合も思わしくなくなり、美紀が高校生になったころから入退院をくり返すようになった。人も減り、街全体にどことなく不穏な気配が立ち込めていたが、家と学校の往復で参考書にばかり目を落としている美紀には、なにも見えていなかった。

だから実家の自分の部屋にいても、受験勉強に励んでいたこと以外の思い出があまりない。なんであんなに必死になれたのか、もはや理解不能だ。

早稲田の推薦枠から外れた美紀は、高校三年の年末年始を、殺気立った気持ちで迎えた。一般入試に賭けることを決意し、東京の六大学すべてに願書を出して、鬼気迫る形相で最後の追い込みをかけた。地元の大学は一つも受けなかった。

東大は記念受験のつもりで、本命は慶應と早稲田、あとは滑り止めとして、受けられるだけ受けた。東大にはあっさり落ちたが慶應に合格、担任の先生と職員室で抱き合って喜んだ。思えばあの瞬間が、人生のハイライトだった気がする。

美紀は箪笥から部屋着を出して着替え、コンタクトを外して眼鏡をかけた。部屋着は十年近く前に買ったユニクロ。座敷へ行くと、ちょうどみんなが食卓についたところだった。

魚の煮付け、里芋とイカの煮物、白菜の漬物、もやしとキュウリの和え物、タコと赤貝の刺し身、肉じゃがの小鉢。大きな食卓いっぱいにこまごまと皿が並ぶ。母はこれを一人で用意したうえに、お節まで作っていたのか。美紀はその労働量を思ってくらくらした。お茶碗を運ぼうと腰を上げるも、

「いいから。疲れてるんでしょ」

と言って、母は手伝わせてくれない。

疲れてはいなかった。美紀は仕事納めの翌日には箱根の温泉に行って、思いきり体を休めていた。温泉宿に女友達と泊まり、コース料理を食べ、オイルマッサージを受けてぐっすり眠り、翌日も美味しい朝食をたっぷり時間をかけて食べた。一年分の疲れは、それでチャラになった。

テレビのリモコンでピッピッピッとチャンネルを変える父の無表情が、空気をずっしり重くする。祖父は五年前に他界している。祖母は健在だが、この十年で一回りほど縮んで、

昔のような元気はない。大輔は美紀を送り届けてすぐ、友達と飲みに出かけて行った。

伏せられていたグラスにビールを注いで夕食がはじまっても、テレビの音だけ異様に大きくて、会話らしい会話はなかった。なにか一言でも余計なことを言ったら、結婚や孫の話になってしまいそうで、美紀は口をつぐんでいる。

そもそも家族との——とくに父親との会話は極端に少なかった。家にいる父は漁の疲れを癒すように居間で寝そべっているかパチンコに行っているかで、遊んでもらった記憶もない。手は出さないものの酒を飲むと荒れたし、理不尽なことで怒鳴る癖があった。酒を飲んでいないときは一言も言葉を発さないのは、昔もいまも変わらない。

父は美紀が東京の大学に進学することを、快くは思っていなかった。勉強にはお金がかかる。通学の定期ひとつとっても、父はお金を出し渋った。「女が勉強しても仕方ないだろ」と吐き捨てるのを何度となく聞いた。

勉強は、美紀の唯一の特技だったが、父には歓迎してもらえなかった。塾の費用を出してくれたのは母だった。

「この里芋美味しい」と美紀。

「近所の人にもらったの。立派な里芋よ。ちょっと持ってく？」

母は腰を浮かせ、台所から里芋を取ってこようと立ち上がる。

「いらない。料理しないから」

美紀が止めるのも聞かず、新聞紙にくるまれたこぶし大の里芋を持ってきた。

「でか！」

美紀が笑うと、

「でしょう。こんな大きな里芋、お母さんもはじめて見たわ」

母もほがらかな調子で笑顔を見せるが、

「女なんだから料理くらいしろ」

さっそく父に水を差されて、会話はすげなく終わってしまった。

父を前にすると、美紀はなにも言えなくなった。

いつごろからか悟ったのだ。

父みたいな人には、なにを言っても無駄なのだ。美紀はもう十代の不機嫌な娘のように、考え方の違いを主張したり、食って掛かることなどしない。

父のような人を、変えることは不可能だろう。

3

大学一年の夏休み。帰省した美紀は、父から勤めていた工場が閉鎖したことを聞かされた。入学してたった四ヶ月、大学生活にも東京での暮らしにもどうにか慣れて、ほっと人心地ついていた時期である。

「え、あたしどうなるの？」

思わず口走ると、

「お前は自分のことしか頭にないのか!?」

怒鳴られ、自分勝手な行いをくどくどと咎められた。この場合の自分勝手とは、女のくせに東京の私大になんか行って、仕送りをもらってのうのうと暮らしていることを指す。もうひと月以上ハローワークに通っているのにまったく仕事が見つからないらしく、父はかなり気が立っているようだった。印籠(いんろう)を突きつけるように、うちには仕送りなんかしている余裕はないと切り捨てた。

「え、それって、大学辞めろってこと？」

嘘でしょう？ というニュアンスで美紀は言った。天下の慶應だよ？ 死ぬ思いで勉強して、奇跡的に合格できたんだよ？

ところが父は慶應の難易度や社会的なランクを、まるっきり理解していないようだった。理解していないというより評価していない、眼中にない。これは価値観の違いである。父にとっては慶應だろうが早稲田だろうが、東京の大学なんてしゃらくさいの一言なのだ。

「そんな、すぐにどうこうってことはないと思うけど……」

おろおろしながら曖昧な表現でとりなす母だったが、家計が芳しくないのは明らかで、弟の大輔が「俺、高校辞めて働いてもいいよ」などと言い出す始末。

「美紀ちゃん、仕送りだけど、少し減らしても平気かしら？」

母が父をなだめるためにか、それとも本気でお金に困ってか、申し訳なさそうにそんな提案をし、美紀は静かにうなずいた。

東京へ戻るなりありとあらゆるアルバイト情報誌をめくり、携帯でｉモードの求人サイトを片っ端から覗く。美紀は結局、大学の掲示板に張り出してあった中でいちばん時給の高い塾講師のバイトに飛びつき、小学生に算数を教えることになった。シフトに自由が利くカラオケボックスのバイトも掛け持ちし、塾が終わってからはしごする日々。安い自転車を手に入れて、支給された交通費は懐へ入れる。それだけやっても東京はいるだけでお金がかかりすぎ、月末は深刻な金欠に陥った。

生意気な都会の小学生に手を焼く一方、バイト仲間に同世代の多いカラオケボックスは楽しかった。いまだに気の合う友達を見つけられないでいる大学とは違って、共に仕事をこなすバイト仲間とのつき合いは自然と濃くなっていく。人間関係の輪の中にするりと入り込めれば、仕事というよりお金をもらえるサークル活動のような感じで時間は過ぎていった。

あるときバイトの先輩に家庭の事情を話すといたく同情してくれて、自由が丘のバーを紹介してもらえることになった。

「ここよりは稼げるはずだよ。お酒出す仕事だけど、カラオケボックスでも酒は出すもんね」

美紀は自由が丘という地名に胸を弾ませながら面接に行き、まだ十八歳ながら身長があるのと老け顔が功を奏して、すんなり合格した。時給は千五百円。パリッとした白いシャツを着てカウンターの中に立つと、馴染みの常連客からは「磨けば光るのに」と口々に言われ、そのたび美紀はぎこちなく笑った。

ある日、授業を休みがちになった大学で、知らない女の子から声をかけられる。美紀が稼げる仕事を探していると人づてに聞いたと言い、すぐに紹介できる店があると持ちかけられた。

「夜なんだけど、いい？」

「夜って、あたしキャバクラとかはちょっと……」

美紀は引きつった笑いで断ろうとする。バーで働きはじめてみたものの、夜の世界には深入りしたくないと思っていた。東京にはあまりにも性的メッセージが氾濫している。田舎町では覆い隠されていた欲望が、ここではぎょっとするほどおおっぴらにされているのだ。電車に乗れば週刊誌の中吊り広告に堂々とセクシャルな見出しが躍り、アパートの郵便受けには「デリヘル嬢募集！　日給三万円～」などと書かれた風俗チラシがしょっちゅう投函された。そんなチラシは条件反射のようにくしゃくしゃにして捨ててしまうが、都会で女が風俗業界に身を落とさずに生きていくのは、それなりに強い意志がいるのだなぁとしみじみ思ったりした。男の性欲は社会全体で容認されており、若い女よ、お金のためにさあ体を売れという誘惑は、街中にばら撒かれている。そのメッセージを鵜呑みにすれば、抵抗感や嫌悪感はあっさり崩れていくのだろう。

実際、目の前にいる同い年の彼女もケロッとした調子で、

「そこは女子大生しか雇わないんだけど、慶應生って少ないから、たぶん合格だと思う」

まるっきり後ろ暗さを感じさせないもの言いで美紀を勧誘した。夜の店で働いていることに、一点の引け目もないらしい。

なんだ、そういうもんなのかと美紀は思う。夜の仕事をことさらネガティブにとらえ、堕落と騒ぎ立てるのは、田舎っぽい保守的な差別心が自分に染み付いているせいなのかもしれない。

「そんなにキツくないし、けっこう儲かるよ」

彼女はあっけらかんと説いた。

その異様なまでのカジュアルさを、美紀はカッコいいと思う。大人びていると感じる。

自分もまた颯爽と夜の世界に飛び込まなくてはと競う気持ちすら芽生え、表情ひとつ変えずにこう返した。

「時給ってどのくらい？」

「あたしは二千円だけど」

「そんなにもらえるの!?」

「あ、でも、その額もらってる子って、けっこう少ないんだよね」

「……それって、人によって時給が違うってこと？」

「そう」

「なにで変わるの？　時間帯？」

彼女はくすっと笑い、勿体（もったい）つけるように言った。

「まあ、いちばんはルックスかな」

彼女の目に、美紀の外見を査定するような色が浮かぶ。美紀は久しぶりにはっきりと、自分が傷つけられたのを感じる。だけど精一杯おどけて、こう言ってみせた。

「あたしは二千円なんて逆立ちしても無理だなー」

彼女は首をのけぞらせて吹き出しながら、先輩ぶった調子でこう上から言った。

「大丈夫だって！　うちの店で働きはじめた女の子、みんなどんどん可愛くなってくから」

授業のあと東急東横線に乗って、二人は渋谷へ向かった。吊り革につかまりながら、こんな会話をする。

「店ではあたしのこと、ミナホって呼んでね」

「なんで？」

美紀の素直すぎるリアクションにミナホはまたしても吹き出して、

「ほんとになんにも知らないんだね。かわいー」

おちょくるように言うと、源氏名について教えてくれた。

「美紀ちゃんは、そうだなぁ、リエとかいいんじゃない？」

「リエ……って感じじゃなくないかなぁ、あたし」

美紀は顔を引きつらせて笑い返す。

自分みたいな可愛げのない女にリエなんて、嫌がらせかと勘ぐってしまう。夜の仕事をはじめることでなにより気が重かったのは、男性客を相手にすることよりも、そのバックヤードで繰り広げられているであろう、女同士の陰険ないじめの方だった。共学育ちの美紀にすれば、女だけの世界の実態など知る由もないのに、異様にネガティブなイメージだけが植え付けられている。

「現役女子大生を売りにしてる店だから、接客スキルってあんまり要求されないの。素（しろ）

人(うと)と絡みたいだけの男が来るから。服装は私服だけど、パンツはNGで、スカートも膝上が基本ね」

「えっ？　待ってあたし思いっきりデニムなんだけど……」

　話の勢いで店へ行くことになったものの、なんの準備もできていない。ミナホはやっと美紀の格好に気がついたらしく、

「あーそうだな、その服はナシかな」

　などといまさらNGを出した。

「じゃあ……このまま帰ろっかな」

　美紀はほっとして言うが、ミナホは諦めない。

「家どこ？」

「新丸子(しんまるこ)」

「それならいっかい家帰って、穿き替えてきても間に合うよ」

「え、いや……そもそも持ってない、膝上のスカートとか」

「マジで？　じゃあ、渋谷着いてからサクッとマルキューで買ってきたら？」

「そんなお金ないよ」

　あったとしても服なんて、そんな気安く買えるわけがない。

「じゃあ、あたしがマルキューで服買おうかな。そんで買った服貸してあげるよ」

「えっ!?」美紀は思わず、ミナホの顔を二度見した。

「……いいの？」

「うん。別に、どうせ服買いたかったし。その代わり買い物つき合ってよ」

渋谷の１０９に美紀はこの日、生まれてはじめて足を踏み入れた。けばけばしいギャル文化に馴染めない美紀は、いきおい敬遠すらしていた場所であるが、入ってみればなんだこんなもんかという感じ。知らないブランドの店がひしめき、着飾った店員はモデルのようにきれいで、接客態度は引くほどフレンドリーだ。けれどここは、恐れをなすようなきらびやかな都会の心臓部ではなく、どこの田舎にもあるごちゃごちゃしたファッションビルの延長のような場所に見えた。

適当に入った店で、ミナホがオフホワイトのワンピースを試着する。異様にスタイルのいいショップ店員がしゃがれた声で、

「そのワンピ今日入ったばっかなんですよー」とすかさず話しかけてくる。

試着室のカーテンが開き、ミナホはお尻がはみ出しそうなワンピース姿で現れた。

「どうかな？」

「可愛いけど、ちょっとスカート短すぎかなぁ」

「うちの店ってミニスカート歓迎で、露出度高い格好してると時給上がったりするの」

「えっ、それほんと？」

「ほんとほんと。超ウケるよねー」

ミナホは平坦な笑いを浮かべた。

「そのワンピにはこの靴合うと思うよ。履いてみる？」

店員が、三人目の友達といった軽さで割って入ってきた。

アドバイスされるまま、ミナホは厚底のストラップシューズに足を滑り込ませる。

「ヤバいこの靴超かわいい～。靴も買う！」

ミナホは興奮して頬を紅潮させる。ワンピースと靴で合計一万六千円。支払いにはクレジットカードを使っていた。美紀がカードで買い物する人を見たのは、このときがはじめてだった。

その店は道玄坂（どうげんざか）の、雑居ビルの五階にあった。店の奥にある事務所で引き合わされたマネージャーの男は、痩せこけて青白く、ひどい凶相である。生まれつきなのか、それともこの仕事を続けているせいでこういう人相になってしまったのか。男は美紀をぎろりと睨（ね）め回し、

「胸ないなぁ～。寄せて上げてそれ？」と渋い顔をしながらも、「ミナホが面倒見るなら」という条件付きでＯＫを出した。

「やったぁ！　よかったね!!」

ミナホはなぜか、わがことのように喜んでいる。
「でも脚はまあまあきれいかもな。脚出してこうね、脚」
マネージャーのお達しにより脚推しでいくことが決定。すかさずミナホが、「いい服あるから！」と大見得を切った。

１０９でミナホが買ったマイクロミニのワンピースを着て高いヒールを履くと、美紀のまっすぐな脚が強調され、ミナホも「なんだ、スタイルいいんじゃん！」と褒めちぎった。その格好で客の横に座り、ぎこちなく笑うだけで時間がどんどん過ぎていく。太ももにあからさまにいやらしい視線を這わせる男もいれば、「俺こういう野暮ったい子嫌いなんだよ、田舎を思い出すから、ハハハ」と軽口まじりに罵倒しつつも、案外気に入って延長してくれる客もいたし、「化粧とか上手くなられたらやだな。初々しさを失くさないで」などと願望を押しつける男もいて、千差万別だった。とにかくみな、金を払っているのでなんの遠慮もなく、女の子の容姿を本人を眼前にして大上段から批評してくるのだった。

女の子は二十分ごとに交代するシステムで、延長が入らない限りはキリのいいところで合図を出されて席を立てるのがよかった。常に客についているわけではなく、お茶をひく時間もそれなりに長い。立ちっぱなしで気が抜けなかったバーの仕事に比べると、のんびり座っていても許されるこの仕事は、張り合いがないくらいに楽である。ミナホが言っていたとおり、現役女子大生というのがあらゆる免罪符になっているようだ。ここには腕まくりをして鬱憤を晴らしに来る嫌な客は少なく、少し話し込めば、輝けなかった学生時代に悔いがあることを切々と打ち明けてくるようなモテない男が多かった。

父親の顔色をうかがうのに慣れているせいか、美紀は相手がなにを求めているのかを瞬時に察知し、如何(いか)ようにでもそれに合わせることができた。

「この仕事にけっこう向いてるかもね」

とミナホが言うとおり、かすかに緊張はするものの、客についている時間が嫌というわけではない。この人はどういう人なんだろうと興味を持って臨めば、どんな客ともそれなりに会話は弾んだ。それに漁港育ちの美紀は荒っぽい気性の男に慣れているから、多少横柄な態度をとられても怯(ひる)んだりしなかった。

「案外使えそう」

という評価をマネージャーからもらい、週三で入ることになった。

美紀が初日のバイトを無事に終えると、

「はいこれ」マネージャーはミナホに封筒を渡した。

「わぁ〜い！」

ミナホは無邪気にその場で封筒をまさぐり、中から出てきたのが一万円札であるのを美紀は横目で目撃してしまう。

あぁ、と美紀は思った。そういう紹介制度があったのか。どうりであんなに親切だったわけだ。

「次からも脚出してね、頼むよ」

マネージャーは後ろから、大きな声で念押しした。

自分の服に着替えてぎゅう詰めの終電に揺られながら美紀は、世の中の本性を垣間見た気がして、かすかに興奮している。男と女が互いのリソースをおおっぴらに搾取し合うえげつない構造が、商売としてまかり通っているとは、なんて汚いんだろう。そして自分はその世界に、飛び込もうとしているのだ。

店長から言い渡された時給は、バーより百円だけ多い、千六百円だった。


十一月に入り、みんなが学園祭の準備で盛り上がっているのをよそに、美紀はますますバイトに明け暮れた。アルバイト収入だけで八万円ほど稼ぐようになっているが、美容院代に化粧品代に洋服代と必要経費はかさむ一方で、手元に残るお金はほとんどない。きれいにしなければ店で立場がないし時給も上がらない。せっかく稼いだお金が、109やパルコやルミネに吸い取られていく。買い物は快感と罪悪感が背中合わせだ。それでも買わずにいられない。

「リエはもっと大人っぽい感じが似合うんじゃない？」

ミナホにアドバイスされ、目からうろこが落ちるように、美紀の中に「似合う」という概念が誕生した。雑誌をめくってモデルを眺めながら、「こんなふうになりたい」とため息をつく必要はないのだ。どんなものが自分に似合うかを追求しはじめたら、ファッション誌を見るのが苦痛でなくなった。美紀は背が高く素っ気ない顔立ちのせいで、「可愛い」と形容される要素がまったくないのがコンプレックスだったが、むしろそれを活かして思い切り大人びた格好をするようになると、自分でも意外なほどしっくり落ち着く。背中まで伸びた髪を明るい色に染め、あっさりした顔に濃い目のスモーキーなアイメイクを施せば、どこかただ者ではないような、ミステリアスな雰囲気すら漂った。店の行き帰りに渋谷を歩いていると、キャッチに声をかけられたりナンパされたりといったことが日常茶飯事になった。

　すっかりなおざりになっていたキャンパスライフだが、美紀の外見が変化するにしたがって男子から話しかけられることも増え、自分のポジションが入学時より格段に上がっているのを実感する。そしてはじめての彼氏までできた。経済学部の二年生に、一目惚れしたと告白されたのだ。学内で有名なダンスサークルに入っているらしく、かなり遊び慣れていそうな感じだったが、美紀は好きでも嫌いでもない初対面のその人からの告白を、即座に受け入れた。実家生の彼は車を持っていて、はじめてのデートではみなとみらいに連れて行ってくれた。大観覧車に乗って横浜の夜景を一望し、ファミレスじゃないちゃんとしたレストランで食事をする。車でアパートに送り届けられるころには、美紀はもうその人を好きになっている。体はすぐに許した。セックスによって、男性に抱いている根源的な緊張みたいなものが融けていく感じがした。彼氏がいるということは、なにか大きな後ろ盾を得たように心強いものだった。自分に自信がついた。美紀の人生が、にわかに楽しくなっている。

「三田祭、一緒に行かない？」

ミナホに誘われ、

「あー行きたいけど、塾講のバイト入れちゃった」

ごめん、と美紀は手を合わせて断る。

客待ちの間に私語していると、通りがかりにマネージャーが「シッ」と言って、二人の頭を軽くポンポン叩いていく。二人はそれを冷たく無視して話を続けた。

「ねえ、内部生の青木くんとかあそこらへんのグループ、三田祭で授業休みの間、ニューヨーク行くんだって」とミナホ。

「は？　ニューヨーク⁇」

「らしいよ。いまの時期はチケットが安いからお得とか言って」

「へぇ、ニューヨークねぇ……。ニューヨークなんていくらあったら行けるのか、想像もできないや」

自分が小学生に算数を教えている間、彼らはニューヨークだなんて、もう次元が違いすぎる。ふと美紀は、もし入学したのが慶應じゃなくて、内部生なんかいないもっと普通の大学だったら、こんな気持ちにいちいち苛(さいな)まれることはなかったのかなぁと思った。もし早稲田に行っていたら……と考えた端から、早稲女(ワセジョ)と蔑(さげす)まれる女の子たちの様子が浮かんだ。あっちもあっちで大変そうだ。東京の大学を偏差値でしか知らなかった美紀にとって、大学名でラベリングされる息苦しさは、まったく想像もしていないことだった。そんな事情は美紀が受験生時代に手にできた唯一の情報源であるパンフレットには一つも書かれていなかった。

「あたし行ったことない、海外なんて」

とミナホが言うので、

「あたしも。そもそも飛行機に乗ったことがない」

美紀は肩を落とした。

学園祭という青春の一ページに外部生たちが盛り上がっているときに、ふらりと海外へ遊びに行く内部生たちのことを思うと、美紀はなんとも言えない暗い気分になる。帰国子女たちが流暢に話す英語の発音。腕から提げた新作ブランドバッグ。そして極めつきの海外旅行。自分がどうあがいても手の届かないものを、なんの苦もなく手にしている内部生たちとの、嫉妬するのもバカらしくなるような大いなる隔たり。

「あたし、あの人たちとは一生かかわらないと思う」

そう宣言する美紀に対し、

「あたしは擦り寄っておこぼれもらいたいなぁ～」

ミナホは下卑た笑いを滲ませながら、「でも金持ちって金持ちとしかつるまないもんね～」と、諦めの境地でこぼした。


その年の末、帰郷した美紀がいやに色気づいていることに家族の誰もが眉根を寄せた。

「お前、変な仕事してんじゃないだろうな」

さすが父は女を嗅ぎ分けるのは得意らしく、美紀の出で立ちを見るなり探りを入れてきた。

「お酒は出すけど、そんな変なとこじゃないよ」

「男に酒出すような店はみんな同じだ」

父は顔を赤くして激昂するが、この数ヶ月で酔った男の対応に慣れ、すっかり気が強くなった美紀は、堂々と反論してみせた。

「昼間のバイトだけで生活費稼ぐの大変なんだよ」

「金を稼ぐのが大変なのは誰だって同じだ」

「は？　時給が高い方が楽に決まってるでしょ」

「お前、親になんて口利いてんだ」

「やめてよ、こっちだって必死に働いて疲れてるんだから」

「仕送り減らされただけだろ？　そのくらいで居直って、なに偉そうに抜かすかこの！」

「こっちだって、同級生が海外旅行とか行ってるっていうのに、あたしは夜通し働いてんだよ!?」

「夜通しってお前、一体なんの店で働いてんだ。まさかキャバクラみたいなとこじゃねえだろうな!?」

「そんなとこじゃないよ」

「男に酒出すような店はどこだって同じだ！」

そこからはちょっとした修羅場だった。

無意味な口論が同じところをぐるぐる回り、結局たどり着いたのは、来年度の学費は出さないという一方的な結論だった。父はまだ失業中で、とてもそんなものを払う余裕はないと吐き捨てた。祖父はまた長期で入院しており、弟の高校卒業まではあと二年ある。

「だからお前、もう帰って来い」

その一言で居間はしーんとなった。

「それって、退学しろってこと？」

父はうなずく代わりに、グラスの酒を飲み干して意思を示した。

「もういい、自分でなんとかするから」

啖呵を切って美紀は、ほどいたばかりの荷物をレスポートサックのボストンに詰め直し、年越しも待たずに電車に飛び乗った。

大学の授業料も月々の生活費も全部自分で払ってやろうと、最初のうち美紀は息巻いていた。だってそうすれば親に恩着せがましくされることなく、罪悪感もなく、自由でいられるのだ。授業をサボったときも、買い物ひとつするにも、男の客と親しく会話するにも、彼氏とセックスするときも、親の庇護下にいるうちはどうしたって後ろめたさを感じずにはいられない。親とどれだけ遠く離れた場所にいようと、お金を出してもらっていることによって、親からは離れられなかった。とりわけ苦労して捻出したお金だとさんざん聞かされているものだから、なにをするにも父の頑迷な顔つきや、白髪が目立つようになった母のやつれ顔が脳裏にちらつくのだ。

ミナホがもっと実入りのいい店に移るというのでついて行き、六本木のキャバクラで働きはじめるが、そうなるとますます大学からは足が遠のいて、なんのために働いているのかわからなくなる。決定打となったのは、二年からキャンパスが変わったことだ。

新丸子のアパートから三田キャンパスに通う定期代を考えるだけで頭が痛い。これを機に三田の近くへ引っ越す人も多いらしいが、より家賃の高い都内に引っ越すなんていまの美紀には不可能だった。

　そして二年に進級してからというもの、美紀は夜の仕事中心の生活を送り、三田キャンパスにはほとんど足を踏み入れないまま世間はゴールデンウィークになり、季節が変わっていった。授業料がどうなっているのか、果たして自分はまだ慶應生なのか。もう除籍になってしまっているのか。財布の中に入ったままの学生証を見るたび、美紀の胸はチクリと痛む。彼氏との連絡もいつの間にか途絶えている。

　一度夜の仕事に慣れてしまうと、そこから降りるのはとても難しかった。六本木の店で知り合った女の子に、もっといい条件の店があるよと紹介されるまま、美紀はさらに麻布のクラブ、そして銀座の会員制クラブへと、短期間のうちに流転を繰り返した。

　店のランクが上がれば収入も上がり、新丸子のアパートから一生出られないと思っていたが、気がつけば麻布十番のワンルームマンションに引っ越し、移動はタクシーばかりの生活だ。ヒールも履きなれて立ち居振る舞いに科が染み付き、いい女気取りもすっかり板についている。

　銀座の会員制クラブは、ママの趣味で塗り固められた小さな店だった。七十近いママの審美眼で選ばれた家具調度は昭和の色濃く、生え抜きの老齢バーテンダー、そして若い女の子が常時二、三人で回していた。

「うちに来るのはバカな小娘と話して喜ぶような客じゃないんだよ」

というママの教育方針にならって、朝刊に目を通し、話題の本は片っ端から読んで、映画館や美術館や舞台へも足を運んだ。勉強熱心なうえに機敏で気が利く美紀はママから好かれたし、どんなお偉いさんとも対等な会話ができるママの知性は、美紀の向上心と向学心を大いに刺激した。

慶應大学除籍の学歴は、社長クラスのお客には特にウケが良かった。

「そのくらいの学費、俺がいくらでも用意してやったのに」ダーッハッハッハ……。

ダミ声を轟（とどろ）かせて豪語されると、笑顔の裏では古傷が疼（うず）くように日吉キャンパスの景色が蘇（よみがえ）った。

美紀についていたお客がストーカー化し、自宅にまで押しかけるようになったことで泣く泣くその店を辞め、また六本木に戻って、今度は高級路線のラウンジで働きはじめた。服装は自由でノルマもないが、月五十万は手堅く稼げる。美紀はその店の気楽さが性に合うと思った。背中の開いたドレスでもなく着物でもなく、モード系の私服で店に出られたし、お客もそこそこ若くてリッチだ。銀座のクラブに来る中高年の客は、ホステスにまめまめしいコミュニケーションを求めてきたが、六本木のラウンジに連れ立ってやって来る若い男性客にとっては、メインはあくまで仕事仲間や友人との会話の方だった。テーブルについたホステスは、まるで空気を循環させるためだけに置かれたサーキュレーターのようなもので、拍子抜けするくらい彼らは手がかからない。飲み会に招集された女の子のような感じで、とりあえず微笑みをキープし、ときたまお酒のおかわりを勧めてみるくらいで、労働しているのだという感覚すら薄い。

あるとき、五人ばかりのグループでやって来た若い客のテーブルにつき、それが慶應大学のOBであることに気づいた美紀は、

「あたしも慶應行ってたんですよ、一年でやめちゃったけど」

営業トークのつもりで、なんの気なしに会話に交ざってみた。

「は？　それマジ？」

リーダー格の男の口から反射的に出た「マジ？」には、こんな所で働いてるお前なんかが俺たちと同じ学閥なはずねーだろ、という排他の色が滲んでいる。美紀は負けじと続けた。

「ほんとですって。新丸子に住んで、日吉キャンパス通ってましたよ」

「ふーん」

案の定にべもなくあしらわれた。俺たちの世界を邪魔しないでくれる？　と言わんばかりに、彼らはテーブルにつくホステスを黙殺する。そのくせ、ただ酒を飲むのに、き

れいな女のいる高い店に来たがるのだ。

改めてグループの顔を見回し、美紀ははっとなった。この人たち、同期だ。日吉キャンパスの中庭の、あの目立つベンチでいつもだべっていた、内部生たちじゃないか。

さらには唯一名前を憶えている人がそこにいるのに気づき、美紀は驚いて言った。

「あれ？　あたしお客さんに、心理学のノート貸したことあるかも」

「え？」

グラスに口をつけようとしていた男が顔を上げ、

「おれ？」

自らを指さしながら言って、美紀と目を合わせた。

青木幸一郎だった。

4

元日は母と祖母と三人で近所の神社へ初詣に行き、二日は家から一歩も出ず、本棚でほこりをかぶっていたマンガを読んで過ごした。三日は少し街をぶらついてから、夕方スタートの同窓会に向かうことにしている。県でいちばん大きな街へ出るのは久しぶりだった。高校時代を過ごした思い出の街だ。

大輔が、最寄りの駅まで送ってくれると言う。

実家では連日ノーメイクと眼鏡で過ごしていたが、東京仕様の化粧を施し髪もきれいにブローした美紀を見て、大輔は「張り切っとるなぁ」と感想を漏らした。

さらに改札へ向かう美紀に背後から、

「がんばってこいよ～」

と声をかけてきたのには笑ってしまった。

ホームに滑り込んだ電車に乗り込む。ドアは手動だ。高校時代に乗っていたのと同じ車両。暖房であたためられた窓が結露で真っ白に曇っているのが微笑ましく、なんだか懐かしい。水滴を手で拭い、美紀は外を眺めた。窓に映り込む自分と目が合うたび、高校時代がフラッシュバックするような感覚に陥る。東京に行って何年経っても、自分は本質的にはなにも変わっていないことを思い知らされるようで、美紀は顔をそむけた。

正月ということもあって街に人出はあったが、歩道を歩く人より車の方が多いのは相変わらずだ。なにしろ道を歩いているだけで、知らずに目立っている。信号を渡るときは車に乗る人が、高みの見物よろしく通行人を眺めている視線を感じた。

駅前は、美紀の記憶にある姿とは様変わりしている。駅舎は改築され、駅前広場も工事中、昔よく長居して勉強したミスタードーナツが入っていたビルもすでになく、再開発を知らせる看板が掛かっている。駅ビルもリニューアルされてチェーン店だらけとなり、通りを渡ったショッピングビルの空きフロアには行政の施設が入っていた。ちょっとぶらつこうにも、街なかには見るものがなく、入りたい店もない。美紀は同窓会の会場であるホテルにさっさと行って、ロビーラウンジでお茶しながら時間を潰すことにした。

市内では指折りのホテルだが、ラウンジにいる客は美紀一人だった。メニューを開いてもコーヒー紅茶ソフトドリンク、ケーキ、軽食はサンドイッチのみと、昔ながらの喫茶店という雰囲気である。方言丸出しのおばさん店員にもてなされると、親戚の家に遊びに来たような気持ちがした。波打った銀紙の上に載せられたまま出されたモンブランは、見た目も味も昭和のケーキという感じでただ甘いだけ、一口ぱくついたきり残してしまった。でも、昔はこういう味に喜んでいたことを、美紀は憶えている。東京で、もっとずっと美味しいケーキをたくさん食べて、舌ばかり肥えてしまい、地元のホテルで出されたケーキを一口しか食べない自分は、きっとずいぶん嫌な女なんだろうな――。

これはケーキだけでなく、あらゆることについて言えた。東京に順応するあまり、東京が提示するレベルに慣れすぎて、地元に帰るとアラばかり目について仕方なかった。

午後五時からはじまった同窓会は、思っていたものとはずいぶん違っていた。ホテルの宴会場、きらびやかなシャンデリアとビュッフェ形式の料理が並ぶ中、あちこちで小さな子供が走り回り、赤ちゃんが泣き、スマホで写真を撮るシャッター音がそこら中で響いている。百名ほどが出席しているそうだが、顔と名前が一致するのはごくごく少数だ。一人、仲良くしていた子を見つけて思わず声をかけたが、自分が彼女のことをどう呼んでいたかが思い出せなくて、ごまかすのに難儀してしまった。

「同窓会って、こういう感じなんだね」

美紀が面食らいながら言うと、

「幹事がアレだからね」

彼女はヒソヒソ声で言った。

「アレって？」

「ほら、あそこ。石井組って、土建屋の三代目」

指差した先を見ると、こんがり日焼けして体つきのがっしりした、いかにも金回りのよさそうな男がひときわ大きな声で盛り上がっている。

「こういうところでパーティーやるのが好きなんでしょ。もう完全にオジサン文化に染まりきってるよ、ああいう人たちは」

彼女は呆れ顔で男性陣を一蹴した。

わらわらと女子が集まって、小さな輪ができる。

「すごいきれいになってるからびっくりした」

「最初誰だかわかんなかったよ」

美紀にそう話しかける彼女たちもまた、高校時代とは様変わりしている。記憶の底に眠る同級生の姿と目の前にいる女性が一致するたびに、「ああ！」と大げさに声が漏れた。女性は外見をどう作り込んでいるかで、いろんなことがわかる。趣味嗜好も、パーソナリティも、おおよその金銭事情も、願望も、そのすべてが外見から発信される。だから彼女たち一人一人に結婚しているのかいないのかわざわざ訊かなくても、なんとなく伝わってくるのだった。それはもちろん美紀も同じで、その容姿からは都会で働いている女特有の、気の張りみたいなものが滲んでいるのだろう。加えてどこか堅気じゃないような色気も、染み付いて取れないのだった。

「ミキティ！」

大学時代に一瞬だけ呼ばれていた懐かしいあだ名に振り返ると、そこには平田さんが立っていた。何年ぶりの再会だろう。

美紀は頬を紅潮させ、抱きつかんばかりに彼女の両腕をつかんだ。

「ミキティ、どうしてた？　心配してたんだよ」

そうだ、一方的に姿を消してしまったのは、美紀の方だった。平田さんの顔を見るなり、大学一年のときの、入学式の景色が脳裏に蘇る気がした。

平田さんは卒業後、地元の旅行会社に就職して、いまもそこで働いているという。大学生活は楽しかったが東京で就職する元気はなく、地元を選んだのだと言った。

「あの四年間で燃え尽きちゃってさぁ」

平田さんは仕事が楽しく、実家も居心地がよすぎて、婚期をすっかり逃してしまったと嘆く。

「あたしもだよ、婚期逃しまくり」と美紀も笑い合うが、

「なに言ってんの、田舎にいて三十過ぎて独身の方が肩身狭いに決まってる!」

平田さんは大きな明るい笑顔で断言した。

そうは言うものの、平田さんの毎日が充実しているのはひしひし伝わってくるのだった。いまは県庁から出向してきた人とともに、新たなお土産づくりに関わっていると言う。

「そのうち独立して、もっと地元を盛り上げる仕事したいんだよね。この街の人って放っておくと、誰もなにも新しいことはじめないじゃない。東京目線で地元のいいとこを見つけて、もの作ったりサービスしたりする仕事って、まだまだ伸びると思ってて」

「へぇー、それ楽しそう」

美紀は顔をパァッと輝かせた。

「たった四年だけど東京に行ってたのって、こっちではけっこう大きいことでさぁ」

「ああ、そうかもね。外に出てない人の方が圧倒的に多いもんね」

「そうなの。いまもちょくちょく東京遊びに行くけど、住んでたときの感覚とか、忘れないようにときどき思い出してる」

「日吉キャンパスの景色とか？」

美紀が水を向けると、

「日吉キャンパスの景色とか！」

平田さんは手を叩いて大ウケした。

自然と大学時代の話になったが、平田さんとの共通の思い出は少なかった。唯一、平田さんと美紀の両方にとって忘れがたい記憶になっているのは、内部生の女の子に連れられて行った、パークハイアット東京でのアフタヌーンティーだ。

「あたしも一年生のころはイキッて東京に馴染もうとして、なにを見ても驚かないふりしてたけど、あれだけは本気で衝撃だった」と平田さん。

同い年の子が当たり前みたいな顔でタクシーに乗って高級ホテルに行き、英国式の三段ケーキスタンドいっぱいに盛られたスイーツをつまみつつ紅茶を飲みながら、午後いっぱいだらだらとお喋りに興じて、それで会計のときに四、五千円ぽんと払うのだから、まさにカルチャーショックである。

「アフタヌーンティーっていう概念からして、まったく意味不明だった」と平田さん。

「ほんとほんと。お前ら貴族かって、内心突っ込んだもんね」

「あはは。たしかに」

平田さんも手を叩いて笑っている。

美紀はしみじみと語った。

「そういうこと、よくあったよね。なんとなく友達に連れられて行くんだけど、よくわかってないの。自分がどこにいるのかもわからないまま、連れ回されることもけっこうあった」

「東京行った最初のころって、なんかいろいろ大変だったよね」

「ほんと」

美紀は薄く微笑みながら、うんうんと気持ちを込めてうなずく。

「ミキティ、どこに住んでたっけ」

「新丸子」

「そうだそうだ、新丸子！」

平田さんはその地名がツボに入ったらしく、ケタケタ笑う。

「たしか一回遊びに行ったよね。あのアパート」

「うん、来てくれた。憶えてる」

「あたしだって綱島(つなしま)に住んでたからね」

「全然東京じゃないんだよね」

「多摩川越えてるもんね」

「上京じゃないじゃん、ってね」

「ね。わかんないよね、土地勘ないから」

平田さんと話していると、記憶の蓋が突然開いたみたいになって、いろんな気持ちが次々蘇った。

四月のキャンパスのあまりの混雑具合に凹んだこと。アパートの寒くて小さなお風呂場で、一人悠々半身浴しているとき、惨めさと同時に自由と幸せを感じたこと。高校時代に愛用していたOUTDOORのリュックとプーマのスニーカーじゃ、どうにも格好がつかなかったこと。あまりにダサい自分が嫌で、どんな服を着れば垢抜けるのかファッション雑誌を真剣に読み込むが、載っている服の値段を見て絶望したこと。秋に真っ黄色に染まった銀杏並木からぷぅんと漂ってきた、銀杏の匂い。

でもそれも、たった一年で終わってしまった。

いまはすべてがただ懐かしい。

平田さんとの感動の再会が終わると、今度は幹事の三代目に声をかけられた。

「同じクラスだったよな？」

「そう……だっけ？」

「憶えてないなんてショックー。で、そっちはなに飲んでんの？」

「ギムレット」

「ああ、いいね。俺ももらおうかな」

さすが三代目、手を上げてウエイターを呼びつける仕草にすら、尊大さが溢れている。

「名前なんだっけ？」

「……時岡」

「下は？」

「美紀」

「時岡美紀か。ふぅーん。いまはなに、東京にいんの？」

「はい」

「なんで敬語！」

彼はうれしそうに笑った。

「俺の名前は？　憶えてる？」

「石井……くん？」

「おー、当たり。で、どう？　時岡さん、楽しんでる？」

石井はニヤニヤと目尻を下げながら手練な言い寄り方で会話を広げ、美紀が東京に住んでいるとこたえるなり、「へぇーっ」と一目置くような顔をした。

「俺さぁ、今日ここのホテルに部屋取ってんだ」

「え、それなんのために？」

「車で酒飲みに出たら、代行のタクシーで帰るよりホテル泊まる方が安上がりだから」

「あぁ、なんだ。びっくりした……誘ってんのかと思った」

美紀が胸を撫でおろすと、

「いや誘ってんだけど」

石井はどこまでも厚顔である。

「え、石井くんて結婚してないの？」

美紀が訊くと、

「してるしてる。子供も二人いるし」

悪びれたところもなく言い、たしかにその左手薬指には、クロムハーツの偽物くさいゴツめのシルバーリングがしっかりはまっているのだった。

ああ、またか……と美紀は肩を落とす。

美紀に気安く声をかけてくるのは、決まってこの手の既婚者だった。既婚者の男はみな驚くほど図々しく、余裕しゃくしゃくで、暇つぶしのゲームかなにかのように軽々しく女を口説こうとする。そして関係が続いている相手のことは愛人などと言わず堂々と「恋人」と言ってのけるのだ。

「あたし、そろそろ帰ろうかな」

美紀が身を翻（ひるがえ）した、次の瞬間だった。

バッグの中でスマホが震え、美紀は「ちょっとゴメン」とさも電話がかかってきたような素振りで三代目から離れた。ＬＩＮＥは青木幸一郎からだった。

〈いま東京にいる？〉

その簡素なメッセージはまるで、東京にいないのなら用はない、という感じだ。

幸一郎から連絡が来ると素直にうれしい反面、美紀の心はなんともいえず翳（かげ）る。三代目のように不倫を誘う既婚者か、青木幸一郎のように都合良く連絡してくる男しかいない。男の人と普通につき合って自然な流れで結婚するなんて、美紀にはもはや想像すらできない。

宴会場を出て、美紀はＬＩＮＥに返信した。

〈まだ地元。そろそろ同窓会から帰るとこ〉

同窓会という部分になんらかの反応を示してほしかったが、幸一郎はもちろんそこはスルーだ。

〈明日の夜空いてる？　このパーティーに顔出そうかと思って〉

招待状がわりの文面がコピペされた。

〈シャンパンパーティー？　どういう人が来るの？〉

と訊いてみたものの、どういう人が来るかは、経験上なんとなく想像はついた。東京にはこういう遊びをしたがる人たちがゴロゴロいる。

〈空いてる？〉

　せっつくようにＬＩＮＥが入る。

〈空いてるよ〉

〈じゃあ七時に。現地集合でＯＫ？〉

〈ＯＫ。七時にね〉

　本当は、美紀が取った新幹線の切符は明後日のものである。しかし美紀は予定を切り上げて、なにがなんでも東京に帰るだろう。青木幸一郎からの誘いを断りたくないのもあるが、そうでなくても帰りたくて仕方なかった。十年以上も東京で暮らしている美紀は、もうこの街で、なにひとつ満足できない。

5

　二十五歳という年齢をきっかけに、美紀は夜の世界から足を洗う決意を固めた。収入だけでみればラウンジはこの上なく割のいい仕事だし、三十近くでも話術や人間味で客を集めるホステスもいるにはいたが、いずれにせよこの世界では容色の衰えとともに失うものが大きすぎる。金銭感覚や生活感覚を元に戻すのに、いまならまだ間に合うと思った。男のとなりで微笑んで時たま会話に加わり、それで普通のOLの倍近い給料を稼げるのは、はっきり言っておいしい。しかし根が生真面目な性分の美紀にすれば、なんだかズルしているような気がして、寝覚めが悪いのである。

ラウンジの常連客にITベンチャーのCEOを名乗る男がいた。話を合わせたりおだてたりするうち、「あたしのことも使ってくださいよ」と調子に乗ると、容姿がいいし機転も利くからとトントン拍子に採用が決まった。会社起ち上げの混乱に乗じて、美紀はなに食わぬ顔でオフィスの一角におさまっている。

美紀はもうすっかり世の中の仕組みを知り尽くした顔をして、いきおい年老いたようになっている。政治家、官僚、テレビ局員、芸能関係者。ありとあらゆる職種の男たちの会話に交ざり、彼らが酒を飲んで現す本性を知ったことで、美紀は昼間の実社会を舐めていた。そしてなにより、幻滅していたのだった。

つき合いの続いているミナホによれば、自分たちの代の就職活動は惨憺たる状況だったという。一方で内部生たちは当然のように内定をもらっていたそうだ。ビッグメゾンや大手広告代理店に、四年間遊び呆けていたような内部生の女子たちがコネで入ったという噂を耳にしても、美紀はもう驚かず、なにも感じなかった。そういうもんだよねーと訳知り顔でうなずくだけである。社会という得体の知れないところを、一ホステスとして又聞きすればするほど美紀はこう悟った。ヒエラルキーの上位は息苦しいほどのクローズドコミュニティで、そこでは「誰々を知っている」ということがほとんどすべて。実力うんぬんではなく、人脈や出自がすべてなのだ。彼らの世界はその閉鎖性ゆえ、恐ろしく狭い。地元意識のあるテリトリーはもとより行く店まで決まっていて、外界に出ようという開拓精神に乏しく、外部の人間と交わる機会も極めて少なかった。

とりわけその習性の強い青木幸一郎が、内部生グループの中でもいちばんの常連となって美紀を指名するようになった。幸一郎の方は憶えていないと言うものの、かつて美紀にノートを借りたことがあるというのは、彼にとってもお気に入りのエピソードとなって、旧知の間柄というていで甘えてくる。幸一郎は慶應を卒業したあと東大の法科大学院に進み、弁護士を目指して司法試験の勉強に励んでいるところだった。一足先に社会人になった友人たちと距離ができていた時期でもあり、昼間ひたすら勉強に打ち込んだあと気晴らしにラウンジにやって来ては、美紀を話し相手に酒を飲んだ。

そのころは幸一郎にとって、人生でいちばん過酷な日々だったようだ。周りが給料を手にしているのに、自分だけ学生身分のまま勉強しなければいけない孤独の辛さを慰めてほしいのだろう。ところが受験戦争の経験者である美紀は、

「エスカレーター式で大学まで上がれる方がおかしいんだよ。もっと勉強しろ！」

などと冗談半分にキツいことを言って、あえて茶化すのだった。

幸一郎はそれが面白いらしく、ククク ッと喜んだ。

「来週一人で勉強合宿するから来てよ」

「なんでよ」

「いいじゃん。軽井沢の別荘にこもって追い込みかけるから」

「じゃああたしが行ったら意味ないじゃない」

「あるある。ごはんとか作ってよ」

「ハァ!? そんなのお母さんに作ってもらいなよ」

「うちの母親、別荘では料理なんかしないよ」

「え？　じゃあ誰がするの？」

「お手伝いさん」

「これだからお坊ちゃんは……」

幸一郎はそう言われて悪い気はしないらしく、またククッと上機嫌に笑うのだった。

軽井沢の別荘へはついて行ったが、美紀はまるっきり料理ができなくて、結局ほとんどの食事を外でとった。

「なんだ、女って誰でも普通に料理できるもんだと思ってた」

幸一郎は別に幻滅したというわけでもなく言うが、美紀の方も悪びれたりしない。

「なに言ってんの。女子だって男子と一緒に勉強して外で働いてんのに、いつ料理習う時間なんてあるわけ？」

やはりこういうふうに打ち返してくるときに幸一郎はもっとも手応えを感じるようで、無邪気な笑顔を見せた。

美紀は幸一郎の手前、蓮っ葉で勝ち気な女のように振る舞ってはいたが、それは幸一郎がそういう女を求めているのだと直感して、半ば演じているからであった。幸一郎の前での美紀は、あくまでラウンジで接客しているときの延長線上の人格だ。彼が自分のことなどなに一つ理解していないことや、理解する気も受け止める気もないことは明らかだ。そういうものを求めた途端、面倒くさい女だとあっさり切り捨てるだろう。美紀は青春のやり直しを追い求めるかのように、自分たちがどういう関係なのか定義することもないまま、セックスもすれば旅行にも行った。

幸一郎が司法試験に無事合格し、総合弁護士事務所に籍を置いてからも、つかず離れずの距離で関係は続いた。幸一郎は、一人で食事をするのがつまらないからと言っては美紀を呼び出し、気が向けばセックスもするが、友達に美紀を紹介するようなことはなかった。自分が〝愛人枠〟に入れられ、ていよく遊ばれているのはわかっていたが、その無害な関係を清算しようとはしない。美紀にもずるいところがあった。幸一郎という存在とつながっていることは、美紀にとっても保険のように機能しているのだ。

これだけ近い関係になっても、まるで違う階層にいる幸一郎を、遠くから憧れの目で密かに見つめていたころの感覚が時たま蘇った。美紀は現実の幸一郎より、記憶の中の幸一郎に愛着がある。内部生グループの中でもひときわ輝いていた、手の届かない王子様――。その王子様と対等に遊べる関係を手放したいだなんて、思うわけがなかった。
美紀がつき合っていた人と別れたこの一年は、これまででもっとも幸一郎と恋人らしく過ごした日々でもあった。年齢を考えると、幸一郎だって結婚を考えてもおかしくないだろう。結婚相手に、気心の知れた自分を選ぶのではないかと淡い期待をしてしまうこともある。そしてもし幸一郎にそのつもりが微塵もないなら――早いところすっぱり縁を切って、ちゃんとした恋人を見つけなければ、いつまで経っても結婚なんてできないこともわかっている。こんな都合のいい関係を続けて、結婚の時機を逃してしまってはいけないと自分を諌めたり、もしかしたらと期待したり、三十二歳になった美紀の心は、日々揺れている。

正月休暇も残りわずかとなった日曜の夜。美紀は黒いウールのワンピースを纏い、シャンパングラスのステムを軽くつまんで持ちながら、六本木のパーティー会場をほろ酔いで眺めていた。高い天井、凝りに凝ったモダンな間接照明が、一面ガラス張りのワインセラーをうやうやしく照らしている。白シャツをパリッと着こなした長身のウエイターが、グラスの載った銀のトレーを優雅に掲げ、ご丁寧にもピアノとヴァイオリンの生演奏までついている。がんばって〝東京〟を演出しているかのような、くすりと鼻で笑いたくなるラグジュアリーさ。限定百名の選ばれし粋人に招待状が送られたというが、正月早々ということもあってそんな人数が集まっているようにはとても見えなかった。それでも参加者は誰もがそれなりに着飾って、自分は場違いじゃありませんという顔をして楽しげに談笑している。東京にはバブルのころの夢が忘れられず、まだいける、まだやれると、パーティーを続けようとしている人種がたくさんいるのだ。

幸一郎はこの手のパーティーに呼ばれることが多いから、見栄えもして座持ちもうまい美紀を重宝がってよく声をかけてきた。彼は決して社交家ではないが、人脈づくりに余念がない。美紀は決して「自分は彼の恋人です」なんて雰囲気は出さずにそつなく立ち回るので、幸一郎からすれば同伴するには最適の相手なのだろう。美紀もまたこういったパーティーに顔を出すうちに少しずつ知り合いが増えていくことを、まんざらでもなく思っているのだった。

実際に仕事につながることも多いため、こういった場で交流して培われるコネクションはあなどれない。しかし同時に、パーティーというのは名ばかり、あちこちで名刺交換が繰り広げられるだけの薄っぺらい異業種交流会という感じで、誰も本気で楽しんでいるようには見えなかった。どこぞの企業の社長たちを相手に名刺交換に忙しい幸一郎を、美紀はぼんやり眺めていた。

つい数時間前までいた地元の街と東京との、この温度差はなんだ。普段ならスルーしてしまえるこの巨大なギャップを、今日に限って美紀はなかなか咀嚼できない。錆びたシャッターが道の両脇に連なる商店街、セフレのいるショッピングモールへと一直線に走って行く弟の赤いスポーツカー、魚が減って、漁師も減った海。ついさっきまで見ていた景色が脳裏にフラッシュバックして、美紀を大いに混乱させた。

あの街の、どうしようもない感じ。寂しさ、人のいなさ、なにもなさ。気が抜けきって、極限まで緩んだ感じ。美紀はあそこにいるだけで、倦怠感の大波に飲み込まれそうになる。不満だらけで、怒りをぶつけるように勉強机に向かっていた高校生に逆戻りしてしまう。

けれどおかしなことだった。家族や同級生はあの街で充足して、なんの疑問もなく、あんなに居心地よさそうにしているのに、自分一人だけがなぜだか、あそこになじめなくて、あそこにいたいとは思えないのだ。

それはいつからだろう。

一体いつ、あたしは外に出たいと思ったのだろう。

美紀は、輪の真ん中で品よく歓談する幸一郎を無表情に眺めながら思う。

東京でも地元でも、美紀だけが輪の外側に、ぽつんと立っている。

「お二人はどういう関係なんですか？」

いきなり後ろから、さっき少し話したヴァイオリニストの女の子が、ひょっこりと顔を出して美紀にたずねた。

「びっくりしたぁ」

　不意を衝かれ、美紀は笑いながら彼女の方を向く。

「さっき名刺出してくれたあの男性」

　と言いながら、彼女は幸一郎の方に視線を投げ、

「彼氏さんですか？」

　いたずらっぽい顔で美紀にたずねた。

「あーううん、違うよ。彼氏とかじゃない」

「えーでもすごくお似合いでしたよ？」

「違う違う。なんていうか……大学の同級生？」

「ふぅん」彼女はまったく信じていないのがバレバレの声で、「同級生かぁ〜」と復唱した。

「羨ましいなぁ」

「え、どうして？　ただの同級生だよ？」

「あたし小学校からずっと女子校だったんで。大学は留学したから、日本人の男の同級生って一人もいないんですよね。だからよくわからなくて」

　世の中にはそういう人もいるのかと、美紀は感心した。

「あのぅ、やっぱりＬＩＮＥ交換してもらっていいですか？」

と彼女に言われ、美紀は「もちろん」と笑顔を見せる。そういえばさっき美紀から話しかけたときは、結局名前すら訊かずじまいだった。

パーティーではこういうことばかりだ。それなりに会話をしても、顔と名前が一致しないまま行き過ぎて、次につながらない関係で終わってしまう。けれどどうせ、この手の会に呼ばれる人は決まっているから、またどこか別のパーティーで顔を合わせることもあるだろうし、そのうちに顔見知りになって、徐々に人脈は広がっていくものだった。

「相楽さんって言うんだ。よろしくね」

スマホをクラッチバッグに仕舞いながら美紀が言うと、

「大学の同級生ってことは、大学のときからずっと友達なんですか？」

相楽さんはなおも幸一郎との関係を掘り下げてきた。

美紀はちょっと首を傾げながらも、

「んーあたしは大学辞めてるから、正確に言うと違うんだけどね。大学のときは、むしろ全然他人だったし」

「再会したってことですか？　そんなことあるんですか？　在学中に別に仲良くなかった人と、そのあと友達になるとか」

「あるんじゃない？」

相楽さんが食って掛かるように言うのに気圧されて、美紀は饒舌になった。

「学校なんてすっごく狭い世界だから、人の目を気にしすぎて、本当に仲良くしたい人とか友達になりたい人と、全然話せないってこと、なかった？」

「ああ、なるほど」

相楽さんはやっと得心がいったようで、美紀への追及の手を緩めた。そしてシャンパンを飲み干すと、向き直ってこう言った。

「ねえ時岡さん、今度ごはん行きません？」

こういう場で出会って、すぐに次の約束を取り交わすなんてめずらしい。社交辞令のつもりで美紀はこたえた。

「いいよ。うん、行こ」

するとすかさず相楽さんはこう付け足した。

「もう一人誘ってもいいですか？」

「うん？　もちろんいいけど」

美紀にはそれが誰か、見当もつかない。

相楽さんは言った。

「会わせたい子がいるんです」

第三章　邂逅（女同士の義理、結婚、連鎖）

1

青木家と榛原家は帝国ホテル四階の茶室、東光庵（とうこうあん）で結納を交わし、これをもってついに二人は正式に婚約中の身となった。幸一郎の母は、小菊や牡丹（ぼたん）の絵羽（えば）模様が片袖と裾に入った浅葱（あさぎ）色の紋付き訪問着、華子の母京子は若草色の色無地を、そして華子は紗綾（さや）形（がた）の綸子（りんず）に鶴亀や松竹梅などのおめでたい吉祥文様がたっぷり描かれた橙（だいだい）地の振り袖を選んだ。

床の間に並べられた結納品――勝男節（かつおぶし）や寿留女（するめ）、子生婦（こんぶ）、友白髪（ともしらが）など、水引細工で飾られた当て字の縁起物の数々――を挟んで、両家に分かれてそれぞれ三人並んで座り、目録と受書、家族書、親族書を取り交わす。「幾久（いくひさ）しくお受けいたします」の決まり文句で挨拶し、儀式が済むと祝膳を囲んで親同士が親睦をはかりつつ、結婚式までの段取りが話し合われた。

開式の挨拶も務めた幸一郎の父は、ダークスーツを着て髪をぴっちりと撫でつけている。

「お前たち式はどこで挙げるつもりなんだ？」

ストレートに水を向けられるや、幸一郎と華子は顔を見合わせ、同時に首を傾げた。

華子はここしばらく結納の準備にかかりきりで、挙式や披露宴には頭が回らない状態だった。

「華子さんのご希望は？」

幸一郎の母が見せた華子への気づかいは、独特に粘着質なものを感じさせる。

華子は少し考えてこたえた。

「えっと……そういえばお友達がパレスホテルで挙げた式がすごく素敵でした。皇居の緑が金屏風（きんびょうぶ）がわりに、新郎新婦の背景になっていて」

「パレスホテルがいいの？」

きびきびと質問を繰り出す幸一郎の母にちょっと気圧されて、

「いえ……そういうわけでは」

華子は首をすくめて笑顔でごまかす。

「オークラなんてどうかしら？　青木家はみんな、オークラで挙げてるのよ。わたしたちも、青木の兄も」

幸一郎の母がぴしゃりとした断定口調で言った。まるで虎ノ門（とらのもん）にあるホテルオークラ東京で式を挙げることが、この世で唯一正しいチョイスであるかのように。そういえば年始の挨拶に青木家へ行ったときも、彼女がオークラの名前を挙げていたことを華子は思い出す。

「オークラは、たしか近々取り壊しの予定じゃなかったですかね？　どこかにそんな記事が出ていたような」

　華子の父、宗郎が割って入る。

「オークラがなくなるの？」

京子も狼狽(ろうばい)して言った。

　事情に詳しいらしい幸一郎の父が説明したところでは、オークラには本館と別館があり、二〇二〇年の東京オリンピックに向けて、老朽化している本館の方を建て替えるという話だった。今年の八月いっぱいで本館はクローズされるが、二〇一九年には高層の新しいビルが建つ予定という。

「あの本館がなくなるなんて信じられない。あのラウンジが壊されるなんて、なんだか一つの時代が終わるみたい」

　オークラが取り壊されるという話をはじめて聞いた京子は、いたく感傷的な様子だ。

　一方、幸一郎の父にそのようなそぶりはなく、社会とはそういうものであるとでも言いたげに、

「国際的なイベントの前になると、ホテル業界が慌ただしくなるもんなんですよ、昔から。たしかオークラ自体、最初にできたのは六四年のオリンピックの少し前じゃなかったかな」

などと腕組みしながらホテルオークラの歴史にまつわる知識を披露した。〝最後の男爵〟と呼ばれた大倉（おおくら）財閥の二代目は、二代目らしくたいそう美意識が高いノブレス・オブリージュのある人物で、敗戦でぼろぼろになった日本に西洋にも胸を張れる一流ホテルを、という思いから、私財を投じてオークラを建てたのだという。虎ノ門、神谷町、六本木一丁目、どの駅からも遠いのが難点で、ほとんどの客が自家用車やタクシーを乗りつけて来るが、それも元はそこが、大倉家の所有する土地だった故である。

「青木の母は、まだホテルが建つ前の、大倉さんのお邸だったころの様子を憶えているそうですよ」と、幸一郎の母が夫のトリビアに付け加えた。

「うちは父親の代から神谷町なもので」

幸一郎の父が補足し、それから、

「オリンピック絡みだと国立競技場が話題ですが、私はオークラの方がよっぽど、オリンピックと日本ってものを象徴しているように思えますな」

やはり感情は見せずに、そんなことをさらりと言うのだった。

「まあしかし、あのロビーラウンジがなくなるとは残念ですね」と宗郎。

「ええ、本当。ほらあの、有名な照明、なんて言うんでしたっけ。切子玉をつなげたような」

京子が言葉を思い出そうと虚空を見つめてぼんやりしていると、

「オークランタン！」

幸一郎の母が大きく声を弾ませた。

「たしかに、オークラって独特ですね。子供のころからあれが普通だと思ってたから気付かなかったけど。外壁も蔵みたいで和風だし」

幸一郎が会話にまざり、

「なまこ壁っていうのよ、あれ」

幸一郎の母もすっかり興が乗った様子だが、

「帝国にいるのにオークラオークラって、なんだか悪いわねえ」

京子の言葉に「そうですねえ」と同調し、母親二人でふふふと笑い合ったりして、会食はなごやかに進んでいった。

会話はところどころで互いの家のことや仕事に及ぶが、あまり明け透けにはしない。ただ幸一郎の父は、自分の実兄は衆議院議員をやっており、披露宴はその筋の関係者にもたくさん声をかけて、ぜひ息子の晴れ姿をお披露目したいということを強調していた。

「それはそれは、盛大にやらないといけませんね。誰か芸能人にでも来てもらいますか」

ワッハッハッハと、宗郎がつまらない冗談を言ったり、

「まあ、立派なご家族がいらっしゃるんですねぇ」

京子もさくっと受け流してはいたが、帰りのタクシーに乗り込むなり色めき立って、

「あれってもしかして、幸一郎さんもゆくゆくは代議士にってことかしらねえ」

と、政治家がらみの話題で持ちきりになった。

「まあ、そこそこ大きい会社を経営している一族なら、身内の誰か一人は国会に送り込んでるものだからなあ」

宗郎はそれが当たり前のこととして言い、「そろそろ代替わりする年代かもしれないなあ」と、どこかまんざらでもない口調である。

父親としては娘婿(むすめむこ)になる男が、ゆくゆく議員に立候補するかもしれないというのは、自尊心をくすぐられる話ではあるのかもしれない。一方、京子はもしそんなことになれば、華子がドブ板選挙に駆りだされて、ペコペコ頭を下げて回るようないらぬ苦労をするはめになるのではと、ハラハラ案じるばかりなのだった。

青木家が懇意にしているオークラの関係者を通じて、宴会予約課のウェディングデスクに打ち合わせの予約が入れられ、披露宴会場も早々に押さえられたことを華子は事後

報告で知った。華子さん、この日この時間にこの場所へ行ってちょうだいねと幸一郎の母からメールが送られてきて、面食らいながらも華子は従うしかない。予約は平日の午前十時だったが、ためしに幸一郎に「一緒に来ます？」と訊くと、「いやいやいや、仕事中だから」とあっさり断られ、一人で行くのかと緊張していたところまた義母からメールがあって、待ち合わせはオークラの例のラウンジでどうかしらと訊かれ、ああ、同行するつもりだったのかとはっと気づいた。気さくで話しやすいけれどちょっと押しの強い幸一郎の母と二人、ホテルオークラのウェディングデスクを訪ねたのは、四月のちょうど桜が満開のころだった。

「こちらがうちの嫁の華子さん」

と紹介され、かしこまってお辞儀をする。出迎えてくれた宴会予約課の男性は義母もお世話になっている人らしく、お友達と話すように会話が弾んで、お祝いの言葉が飛び交った。

義母が押さえていたのは平安の間という、オークラの中でももっとも収容人数の多い豪華な宴会場で、かつて国際会議なども開かれた由緒あるところだった。最初の打ち合わせでは、挙式と披露宴の全体の流れや、招待状のデザイン、招待客の人数などが話し合われた。打ち合わせが終われば解放されるかと思いきや、そのあとオークラの中にあるダイニングカフェのカメリアで昼食を食べ、さらにその後、そうだ千鳥ヶ淵で花見をしましょうと思いついて連れ回され、自宅に帰ったらもう日が暮れるころという具合。結婚式の準備と並行して、新居のこと、さらには新婚旅行のことなど、やることは山のようにあった。

新居は青木家が所有している豊洲のタワーマンションに決まっていた。四十五階、約二十畳のリビングと洋室が二つ、それから三・五畳のウォークインクローゼットがついて、賃貸なら月の家賃が三十万円以上という物件である。ベイエリアを見渡せる眺望は見事としか言いようがないが、江東区の埋立地に住むというのはどうも気が進まない。それに結婚したらこの部屋で一人、幸一郎の帰りを待つのかと思うと少々気が滅入った。家具や家電などは一から揃えなくてはいけないけれど、実家を出たことのない華子は、どこから手を付けていいのかさっぱりわからなかった。幸一郎に家具家電のことを相談しても、「華子に任せるよ」「華子の好きなやつ選んでいいよ」の一点張りで、ただただ途方に暮れた。

2

相楽逸子は子供のころから生まれ育った世界がどうにも息苦しくて、ここではないどこかに自分の真の居場所がある気がしてならなかった。幼いころからなんとなく窮屈であった自分を取り巻く環境や人間関係からの解放を、逸子は海外に求めた。その地がドイツで、大学での専攻がヴァイオリンとなると、どこか浮世離れした話に聞こえるが、実質それは単なる〝上京〟であることに、彼女自身あるとき気づく。東京は生き物のように胎動し、心臓がドクドク脈打つように、数十万数百万という人がそこへ吸い込まれときに吐き出される。けれどその奇怪な場所が自分の故郷であるなら、どうすればいいのだろう。東京は底なしに享楽的で、隅々まで気が利き、それでいて心安く、居心地だってたしかに悪くはないけれど、あまり長居をすると自分が生ぬるい俗世にからめとられていくようで、理由のわからない苛立ちに襲われた。そうして居てもたってもいられず飛び出したくなるのだった。どこか遠くへ。うんと遠くへ——。

ある土曜の午後、日本橋にあるマンダリンオリエンタル東京のラウンジの窓辺の席に、逸子は脚を組んで座っていた。Vネックのハイゲージニットもミニスカートもストッキングもショートブーツも、なにからなにまで黒尽くめで、脇に置いたバレンシアガのバッグだけが強烈に赤く、いかついスタッズが光っている。窓の外はすっきりと晴れ渡りまぶしいくらい日が差して、西向きの巨大なガラスからは高層のオフィスビルを望み、そのはるか遠くには富士山らしきシルエットがぽっかり浮かぶ。その景色を、逸子は退屈しのぎに眺めていた。

「お連れ様がいらっしゃいました」

給仕係の女性にしずしずと声をかけられ、彼女は顔をあげる。女性はホテルの名前そのままに、東洋のどこの国の民族衣装ともつかない、不思議にエキゾチックな制服を纏っていた。ぴっちりと横分けにした黒髪をきつくお団子に束ねているせいで、顔全体がきりりと硬質な印象。その女性の背後から、時岡美紀が遠慮がちに顔を覗かせた。

「こんにちは……すごい迷っちゃった。日本橋なんてほとんど来たことなくて」

美紀は照れ笑いしながらするするとコートを脱ぎ、逸子と向かい合った椅子に腰を下ろした。白いニットにぴったりしたデニムとベージュのハイヒール。髪にも頬にも艶が差して垢抜けているが、差し出されたメニューをめくる指はすっかり肉が落ちて、そのはっとするような細さがかすかに年齢を感じさせた。

「こんにちは。すいません休みの日に。なんかお呼び立てしちゃって」

逸子の言葉に、美紀は「いいのいいの、こういうとこ来るの楽しい」とくだけた笑顔を見せる。「どれにしよっかなぁ」と逡巡（しゅんじゅん）したのち、美紀がコーヒーを頼むと、逸子も同じものをと給仕係に頼んだ。

美紀はマンダリンオリエンタルの高級感溢れる内装や窓からの眺望に興奮ぎみで、

「もしかしてあれ、富士山じゃない？」などとスマホのカメラを向けたりしている。それから、

「あ、もう一人来るんだよね。どんな子？」

と向き直ってたずねた。

美紀には前情報として、ただ「会わせたい子がいる」とだけ教えている。それでてっきり、気が合いそうとか、趣味が合いそうとか、そういった意味に美紀は受け取っていたのだろう。美紀が無邪気に目を輝かせるので、逸子は少し申し訳ない気持ちで、言葉を選んで話しはじめた。

「ごめんなさい、実は、これはそういう、楽しいやつじゃないんです。ていうかむしろ、全然楽しくない会なんです」

「……どういうこと？　会わせたい子って誰？　誰が来るの？」

美紀は表情を曇らせた。

「来るのは、榛原華子っていう子です。あたしの小学校からの同級生です。でもちょっと先に、あたしから時岡さんにいろいろ話しておきたかったんで、彼女には一時間遅れて来るように言ってあるんです」

その用意周到さに美紀は警戒心を強めたようで、

「え、ごめん、なにごと……？」

目をきょろきょろさせながらまごつくが、逸子がしきりに安心してくださいと言ってなだめるので、ともかく話を聞くわと承諾したのだった。

「あとでここに来る華子って子は、いま婚約中なんです。華子、去年ずっと婚活してたんですけど、やっとピッタリの相手と出会えて。で、その相手っていうのが……この前、時岡さんと一緒にパーティーに来られていた、青木幸一郎さん、なんですよね」

「……なんて⁇」

あっけにとられた顔で、美紀が訊き返した。

「青木、幸一郎」

逸子ははっきりとした発音で繰り返し、重ねてこうたずねる。

「青木さんが婚約されてるの、ご存じでした？」

美紀はぽかんとした表情のまま首を横に振った。

「やっぱり……。だと思いました」と逸子。

青木幸一郎の不誠実さへの落胆を強調した言い方だった。

「ごめんなさい、先に言っておくと、あたし時岡さんと青木さんのお二人と会ったあと、彼が華子の婚約者なんだって気づいて、それですぐ華子に、チクっちゃったんです」

「……チクっちゃったんだ」

美紀は反芻し、わずかに苦笑いを見せる。

逸子は両手の指をクロスさせてぎゅっと握りながら、こう続けた。

「お二人がただの友達っていうパターンも一応考えたんですけど、でもあの空気感からして、なんか恋人同士っていうか、むしろ夫婦かってくらい馴れ合ってる感じだったし、もう直感でこの二人なにかあるって思って……。華子に慌てて連絡して、それでそのあと、時岡さんにもう一回話しかけたんです。今度会いましょうって」

「……仕組んだってこと？」

美紀はショックを受けた様子だが、

「あ、そういうつもりではないんです」

逸子はいたって軽く、しかし凛として〝NO〟と主張したのだった。

「最初に断っておきたいんですけど、あたし別に、二人のキャットファイトが見たくてこの場をセッティングしたわけじゃないんです。対決させようと思ってるわけでもないし、時岡さんに手を切ってくれ、みたいなことを言うつもりも、あたしはあんまなくて。むしろその逆で、ケンカしてほしくないっていうか、二人に変なふうに揉めてほしくなかったんです。だから、あとでバレて泥沼のおおごとになる前に、ショック療法みたいに先に会わせちゃえ！　って。全部あたしが勝手に動いてることで」

美紀は面食らいながらも、「なるほど」とつぶやき、運ばれてきたコーヒーにミルクを垂らすと、そっと口をつけた。逸子もまたカップを持って一口啜り、砂糖とミルクを入れてもう一口。そして向き直ると、逸子は遠慮がちにたずねた。

「まず最初に、時岡さんと青木幸一郎がどういう関係か、華子が来る前に訊いちゃってもいいですか？」

「い、いいよ」

美紀は戸惑い、口ごもり、少し笑いながら、自分たちのこれまでの歴史を端折って説明した。大学で同級生としてすれ違っていた過去、再会劇。そして腐れ縁化していったここ数年のぐだぐだっぷり。

「で、好きなんですか？　青木幸一郎のこと」

逸子は単刀直入に、さらりと本質を突いてみせる。

「好き……なのかなぁ」

美紀は首を傾げるが、

「まあ幸一郎みたいな人に、好かれて悪い気がする人はいないと思うけど」

やや話をすり替える形で続けた。

「だって王子様じゃん、あいつ。大学のときからそういうポジションだったし。もちろんあたしも、ただの遊び相手じゃなくて、ちゃんとつき合いたいとか、なんなら結婚したいとか、そういうふうに思ったことも、なくはないよ。大学ではほとんど接点なかったの。向こうはキラキラした内部生、こっちは上京したての貧乏な外部生だから、そもそも階層が違うし。だから再会したあと、幸一郎と普通に友達みたいになれて、最初のうちはけっこう舞い上がったもん。あわよくばって、思わなくもなかった。でも幸一郎はあたしのことを、そういうフォルダには入れてないって、バレバレだから」

「……フォルダ？　どういう意味ですか？」

逸子は率直にたずねた。

美紀はカップに手を添えて少し考えたのち、こう切り出した。

「あたし、いまは普通の会社で働いてるけど、昔、ラウンジにいたの。ラウンジってなにかわかる？」

首をブンと横に振る逸子。美紀は努めてなんでもないことのように、こう口にしたのだった。

「男のお客さんに、お酒注いだりするようなとこ」

「ああ……」

逸子はしゅんと、萎(しぼ)むような相槌を打つ。

「キャバクラよりもうちょっと落ち着いてるって言ったらいいのかなぁ。あたし、ちょっといろいろあって、大学もちゃんと卒業してないのね。で、大学行かなくなって何年か経ったときに、あたしが働いてるラウンジに幸一郎が友達と来て、そこで再会した」

「それって何年くらい前の話ですか？」

逸子はぐっと前のめりに質問した。

「もう十年くらいになるかな」

「十年……!?」

その年月の思いがけない長さに度肝を抜かれた。対する華子は、まだほんの半年のつき合いである。

「でもね、幸一郎はあたしのこと、やっぱり同級生じゃなくて、ラウンジで知り合った女って思ってるから。あくまで、そういう種類の女だと思ってるんだと思う」

「つまり……？」

「夜の女？　……違うな。なんて言えばいいんだろう。都合よく呼び出せる、気楽な女友達、みたいな？　こないだのパーティーに幸一郎があたしを呼んだのだって、只でホステスやってくれるから声かけてるだけでしょ」

「あぁ！　それわかる！」

逸子は強い共感を寄せた。

「あたしもそういう扱いされることあります！　男同士で飲んでるところに、緩衝材役に呼ばれて愛嬌振りまいたり、空気なごませるように仕向けられたこと。飲み会でも、音楽系のパーティーなんかでも、そんなのばっか！」

逸子は美紀に、ホステス扱いされた体験談を熱く語ったのち、まじめな顔になって話を本筋に戻した。

「あたしは華子とつき合いの長い友達なんで、華子の味方をしなくちゃいけないし、そういう意味ではフェアな立場ではないかもしれないけど、でもだからって、時岡さんのことを一方的に敵視したり、責めたりする気にもなれないんです。だって明らかに華子の方があとから出てきたわけだし。それに、どう考えても悪いのは、そのあたりのモラルコードがゆるゆるな青木幸一郎の方なんで」

美紀は思わずプスッと吹き出し、「モラルコードゆるゆる……」とくり返して、「そのとおりだ」と大きくうなずいた。悪いのは男なのに、どうしていつも女同士が喧嘩しなくちゃいけないのか。

逸子はその相槌に自信を得て、さらにこう続ける。

「ですよね!?　だって、華子と婚約したのに、時岡さんとパーティー行ったりして、誤解されるような行動取ってる張本人だし。それに明らかに身辺整理する気ゼロじゃないですか。時岡さんにも華子のことなんにも言わずに、当たり前みたいに並行して会ってるのとか、それって人としてどうなんでしょうか」

まぶしいほどだった午後の日差しが和らいで、窓の外に見えたはずの富士山がいつの間にか、霞がかった雲の彼方に姿を隠している。その代わりとでもいうように、手前のビル群の蛍光灯は爛々と光りはじめた。窓際の席に陣取っている人はみなその景色の変化を写真におさめようと、あちこちでスマホのシャッター音が鳴る。そんな周囲の浮わつきとは対照的に、逸子の顔はさらに真剣さを増していった。

「正直に言うと、華子、かなり焦って婚活してたみたいなんです。結婚考えてた人と別れてから、なんかちょっと自分を見失う勢いで焦っちゃって、いろんな人に会ったりしてて。ほんとはそんなに社交的な子じゃないのに。婚活ってほんと精神的に追い込まれるみたいで、華子もだいぶわけわかんなくなってて。そりゃまあ焦りますよね。あたしだって二十五歳過ぎてから、この先どうしようって不安になったりするし、先のことが見えな過ぎて、すごく怖いし」

「わかるよ。なんか突然、思春期に引き戻されたみたいになるんだよね」と美紀。

「そうなんです。でも、そんなの誰だって同じですよね。ある年齢を過ぎたら女の人って、一人で立ってることが急に心細くなるし、結婚してないことがなんとなくみじめに思えてくる。親にも周りにも、いつ結婚するのいつ結婚するのって、そればっか訊かれて、そういうのほんとうんざりするんだけど、でも誰より自分がいちばんそのことばっかり考えちゃって、ウジウジ悩んじゃうんです」

美紀はうんうんと、激しく同意しながら耳を傾けている。

逸子はさらに思いの丈をぶちまけた。

「あたしなんて二十五歳になるまで百％自分のことばっかり考えて生きてきて、親も好きなことやれって言ってくれてたし、自分でも一度も結婚したいとか、結婚こそが幸せだとか、そんなこと微塵も思ったことないけど、それでもやっぱり適齢期なのに結婚する気配もないっていうのは、かなりのダメージを食らうんですよ。あたしですらそうなんだから、華子が焦っちゃうのも、無理はないっていうか。それで、華子が幸一郎さんっていう人とやっと出会えて、よかったね〜って、あたしも思ってたんです。華子みたいなおっとりした子には、ちょうどいい感じの人だと思ったし。でも、同時にその展開の速さはちょっと怖いなーって、引っかかってもいて。だって客観的に見てその進め方、芸能人がよく失敗してるやつじゃん！　って。華子にはおめでとうって言いつつ、心の奥ではなんかヤバくないか？　って、モヤモヤもしてて。いや、もちろんわかってますよ、そんなのあたしが口挟むようなことじゃないってこと。でも、焦って結婚して、うまくいってる人なんていないと思うんです」

調子が出てきた逸子は、力が入って唇をいっそう尖らせる。

「もちろん、華子にちゃんとした相手が見つかって、よかったねーっていう気持ちもあるんです。友達が結婚相手を見つけたんだから、お祝いしたいって心底思います。でも華子、焦ってるだけじゃなくて、元からちょっと、現実から逃げるために結婚しようとしてるところがあったから……。華子本人は認めたくないかもしれないし、あたしもあの子に、そこまで突っ込んだことはなかなか言えないけど、でも華子がしようとしてる結婚は、間違いなく危険なタイプの結婚な気がしてるんです、あたし」

ここで美紀は「あのね」と、少し年上ぶった顔つきで言葉を挟んだ。

「相楽さんが心配する気持ちもわかるけど、あんまり友達の結婚に口を出すと、友情の方にヒビが入ることになっちゃうよ」

逸子はその忠告を、「わかってます」と撥ねつける。

「きっと華子も結婚したら、あたしのことなんてプライオリティのすごく下の方に追いやられて、すぐ疎遠になっちゃうのは、わかってるんです。みんなそうだし、そうだったし、そういうもんだし……。でもだったらなおさら、友達のことに、首突っ込めるうちに突っ込んでおいても、いいんじゃないかって思ったんです。だって結婚しちゃったら、あたしが首突っ込む余地なんか全然なくなっちゃうんですよ、きっと。でもだからこそあたしは華子に、華子本人にも、まったく関係ないあたし自身にも、わだかまりなんて一つもないような、いい結婚をしてほしいんです。そういう気持ち、わかってもらえますか……？」

「わかるよ。うん、わかる」

逸子のスピーチに、美紀の心は揺さぶられた。たしかにそのとおりだった。結婚によって疎遠になっていった友達は数知れない。

「わかってもらえてうれしい」逸子は胸を撫でおろしつつ、さらにこう付け加えた。

「もし時岡さんが、男が絡むとまったく話が通じなくなるタイプの女性だったら、あたしだってなにも言わないです。っていうか、三角関係怖ぁ～ってビビりながら遠巻きに引いてるだけだけど、なんか時岡さん、話せばわかってもらえそうな感じがしたんです。

ちょっと会って、目を見て軽く話しただけで、そういうのって、だいたいわかるもんですよね。腹を割って女の子同士で話したことがある人と、そうでない人の違いっていうか。あたし女子校育ちなんですけど、女子校特有の仲間意識っていうのかなぁ。女をむやみに敵視しない女子は、初対面で目を見ただけですぐわかる。時岡さんも、なんかこの人は、話がちゃんとできる人に違いないって、思ったんです。いい意味で、あんまりメスっぽくないっていうか……。女同士の義理がちゃんとわかってる人なんじゃないかなぁって。そういう人、あんまりいないけど」

「女同士の義理？」

美紀はその聞き慣れない言葉の並びに、不思議そうな顔を見せた。

逸子はすっかり美紀に気を許し、この話がしたかったんだとばかりに身を乗り出して説明をはじめる。

「近松門左衛門（ちかまつもんざえもん）の浄瑠璃（じょうるり）に、そういう言葉が出てくるんです。文楽とかで上演される、『心中天網島（しんじゅうてんのあみじま）』っていう有名な話なんですけど。観たことあります？」

美紀は頭をぶんぶん振って「知らない」と肩をすくめ、「どんな話？」と先を促した。

逸子は息を吸い、言葉を継いだ。

「あるところにろくでなしの男と、奥さんと、遊女がいて、男は遊女と心中しようとしているんです。道ならぬ恋に落ちた二人は、死んで来世で一緒になるっていう考えに夢中で。心中が、彼らにとっていちばんカッコいい美学なんです。あるとき遊女が、彼と心中の約束をしてるんだけど、本心では死にたくないから、わたしのことを諦めさせたいの、みたいなことをほかの客に言っているところを、たまたま彼に見られちゃうんです。でも実は、わたしのことを諦めさせたいっていうのは、遊女の芝居だったんです。実は彼の奥さんが遊女に手紙を送っていて、そこには、夫に死なれては困ります、どうかあの人と別れてくれませんかって書いてあって、遊女は奥さんの手紙に心を動かされたから、あの男とは本気じゃないなんて嘘を言ったわけなんです」

「ん？　つまり、本気で好きになって、心中しようとしていたお客さんの奥さんから手紙を受け取った遊女が、彼女に義理立てして、嘘を言ってたってこと？　男を取り合う立場の二人が？」

逸子は大きくうなずいてさらに語る。

「そう、遊女は奥さんの気持ちを汲んで、ちゃんと手を切ろうとするんです」

「へぇ、偉い女だね」

「でもそのあと奥さんは、あの遊女がこのままだと自殺しちゃうんじゃないかって逆に心配になって、あの遊女を助けてあげてって、今度は自分の旦那に懇願するんですよ。浮気してた張本人に」

「え!?」

美紀は展開についていけない様子だ。

「自分の手紙をちゃんとわかってくれた遊女が辛い立場にいるのに、それを見て見ぬフリするなんて、女同士の義理が立たないって。奥さんは自分や子供の着物を売ってまで、遊女を身請けするお金を作ろうとする。そしてそのお金で遊女の身請けをして助けてやってくれって、旦那に懇願するんです。すごくないですか？　あたしドイツの大学にいたときこの話を知って、なんだ日本スゴいじゃんって、本気で感動したんです」

逸子は身ぶり手ぶりをまじえてあらすじを説明しながら、顔いっぱいに感情を溢れさせた。

「でも……」

美紀が水を差すように質問する。

「心中って題名に入ってるからには、結局心中するんだよね？」

「はい。でも、その男も遊女も、ちゃんと死ぬときは奥さんに義理立てして、二人一緒には死なないように気をつかったりしてて、そこもほかの心中物とは少し違ってるんです。激情型の恋愛ものって、あたし昔からちょっと苦手っていうか、嫌いだったんですよね。だって、本気の恋愛であればあるほど、最後は必ず死ぬことになってるんだもん。とくに古典はそうで、死んだら感動、みたいな話ばっかり。死ぬことが崇高って、なんか話のオチとして怠慢じゃないですか？　えーなんだよそれ、つまんないし暗いしやだなーって、昔から思ってたんです」

美紀はクスクス笑っている。

「それに現実では、きれいな恋愛ってなかなか成立しないじゃないですか。こんなこと、ほぼ初対面みたいな時岡さんに言うことじゃないかもしれないけど、うちの父親、超ぉ～恋愛体質……っていうか好色な奴で、女いっぱい作って、外に子供まで作ったりして、しょっちゅううちの母親と生々しいケンカしまくってたんで、ちょっとアレルギーなんです。そういうのほんとキモいし、ただただ迷惑なんですよ。母親も、愛想尽かし切ってるのに、体面気にして絶対別れないっていう。だからあたし、もともと結婚にはあんまり期待してないっていうか、するとしても、すごくすごく慎重にしたいと思ってて。結婚には焦ってもいるけど、別に三十歳でもいいし、なんなら四十歳五十歳でもいいかなーくらいに思ってるんです。とにかく男の人に、経済的にも精神的にも依存したくない。依存って、弱み握られてるようなものだから、絶対そういうのは嫌なんです。だからあたしからすると、結婚に警戒してない華子が、なんか危なっかしくて」

「それでこの会をセッティングしたの？」

「はい」まっすぐに美紀を見据え、逸子はうなずいた。

美紀は、マンダリンオリエンタルのラウンジに座る人々――多くは時間とお金に余裕のありそうな優雅なご婦人たち――を見渡してこう言う。

「女同士の義理か。うん、言いたいことはわかる。それをきちんと通せる人は、かっこいいとも思う。けど、難しいと思うよ？」

その言葉に、逸子は眉をピクリとさせた。

美紀は続ける。

「女の人って、女同士で仲良くできないようにされてるんだよ」

「……え？」

逸子は、拒絶され傷ついたような目で首を傾げる。

美紀はコーヒーを一口含み、それから堰を切ったように話しはじめた。

「いまあたし、ファッション系のアプリを作ってる会社にいるんだけど、一見するとオフィスには女性が多いのね。でもそれって非正規雇用の女性が多いってことで、正社員でいうと女性の数って実は少ないの。そうやって人件費浮かせてるわけ。数は女の方が多くても、雇用形態ですでに分断されてるんだよ、うちらは。男性社員はみんな正社員登用なのにおかしいって思うけど、でもそれが実状なの。大事なことを決めるのは社長であり、数人の男性役員で。言い方悪いけど、女性社員のことは、男よりも安価で動かしやすい〝駒〟みたいに思ってるんじゃないかな。まあ、仕方ないんだけどね。野心家の社長が、自分で作り出した世界があの会社なんだし、自分の好きにして当然と言えば当然なんだけど、それでも割り切れないことたくさんあって……」

逸子は、粛々と耳を傾けている。

「女性が働きやすい職場を目指してますって、会社のホームページにでかでかと出してて、それを見たテレビ局が何年か前に取材に来て、輝く女性系の持ち上げた内容にして放送してたけど、実態はそんなんじゃないのにって、みんな冷めてたな。結局ベンチャーでも、女性社員はいつもきれいな格好して、ニコニコ愛想よくして、場をなごませたり、感じよく電話取ったり、すすんで雑用してくれるような、昭和のＯＬみたいな存在を求められるんだよ。実際、社長は女性社員のこと、ひとまとめにして〝女の子〟って呼ぶしね。まだ五十代いってないのに、どっぷりオジサンなの。あたしはいまの会社しか知らないけど、なかには転職してきた人もいて、そういう人から前の会社の話を聞くと、ほんとぞっとする。上司に新入りの女の子の教育に手を焼いてるって言ったとするじゃん。そしたら、若くて可愛い子に嫉妬してるんだろって、本気で言われたんだって。いや、そういう話じゃないんですけどって呆れてるのに、言っても通じないの。嫌味でもなんでもなく、本気でそういうふうに受け取られる世界なんだってさ」

「マンズ・マンズ・ワールド……」

逸子はげんなりした顔でつぶやき、合いの手を入れた。

「うちの会社は女性のチームに男性が一人だけ入ってることもあるけど、その人の前の会社は、まるっきり逆だったって。四、五人のチームで動くとするじゃん。そこに入れてもらえる女はもちろん一人、戦隊モノでいうピンクで、やっぱり女子アナみたいなキャラが求められる。だから仕事がんばろうと思うと、女同士で椅子取りゲームになるって言ってたな。そんな状況で、女性同士が仲良くできるはずないよ」

「……たしかに」

逸子は耐えるようにうなずいた。

「仕事ですごい成果をあげると、同僚の男から、女使ったんだろ？　色仕掛けで取り入ったんだろ？　って嫌味言われたってさ。すごくない？　それで、あまりに理不尽で先輩の女性社員に相談したら、あたしたちのころはもっと大変だったのよって、逆に叱られたって言うの。昔はあなたが想像できないくらい酷かったのよ、セクハラもこんなもんじゃなかったのよって、説教されたって。時代によって社会が女性をどんなふうに扱ってきたかでも、分断されてる」

美紀はだんだん怒りがこみ上げてきた様子で、語気を強めた。

「それでなにか揉め事が起きると、関わった女性社員をとりあえず悪者にして、辞めるよう追い込んで、社内の平和を保とうとするの。けっこう大手の会社がね。それ、つい数年前の話だよ？　若いうちは職場の華扱いだけど、年取ってその役目ができなくなったら、肩叩きして辞めさせるのが慣例だったとか、何時代の話かと思ってびっくりしたもん。うちの会社はその点逆で、育休を充実させてるところが福利厚生の売りなんだけど、でもそのせいで今度は、既婚か未婚か、子供がいるかいないかで分断されてるし。肩叩きはないけど、その代わり女性社員は、〝若い女の子〟と〝それ以外のおばさん〟にはっきり区別されてる感じ。あたしもあと二、三年もしたら、おばさん扱いを受け入れなきゃいけないのかーって思うと、辞表叩きつけたくなるよ」

それを笑っていいこととは決して思っていないにもかかわらず、それでも逸子は、少しばかり笑ってしまう。女性の年齢差別に対する唯一のリアクションは笑うことだと、体に染みついてしまっている。

美紀はその笑いに、ピクリと反応した。

「まだ二十代の子にこれを言うのは辛いけど、あたしも昔は、笑えてたの。でももう笑えないの。テレビでお笑い芸人が、若い女優さんを褒めそやして、三十歳を過ぎた女芸人を笑い者にしてると、本気で胸が痛む。全然笑えなくて、チャンネル変える。でも、そういう番組が、メッセージを発してるんだよ。おばちゃんのことは笑ってもいいって。未婚の女性のことは、結婚できないダメな女なんだから、笑い者にしてもいいっていう乱暴なメッセージを発してるの。だから相楽さんも、いまの話に笑っちゃうんだよ」

逸子は自分の顔が赤くなるのがわかった。いたたまれず下を向いていると、美紀はダメ押しのように続ける。

「世の中にはね、女同士を分断する価値観みたいなものが、あまりにも普通にまかり通ってて、しかも実は、誰よりも女の子自身が、そういう考え方に染まっちゃってるの。だから女の敵は女だって、みんな訳知り顔で言ったりするんだよ。若い女の子とおばさんは、分断されてる。専業主婦と働く女性は、対立するように仕向けられる。ママ友は怖いぞーって、子供産んでもいないのに脅かされる。嫁と姑（しゅうとめ）は絶対に仲が悪いってことになってる。そうじゃない例だってあるはずなのに。男の人はみんな無意識に、女を分断するようなことばかり言う。ついでに言うと幸一郎は、あたしとその婚約者の子をもう分断しちゃってる。もしかしたら男の人って、女同士に、あんまり仲良くしてほしくないのかもしれないね。だって女同士で仲良くされたら、自分たちのことはそっちのけにされちゃうから。それって彼らにしてみれば、面白くないことなんでしょ」

しゅんと、黙りこくってしまう逸子。そこへ美紀がこう付け足した。

「そういうのが主流の世界で、女同士の義理なんて、それってすごく、ファンタジーな気がする。けど……」

「けど？」

逸子は顔を上げてたずねた。

「男が絡むと話が通じなくなる女じゃないと思われたのは、すごくうれしいかも」

その言葉になんだか救われて、逸子は手に持っていたコーヒーカップを差し出した。

美紀は「え？」と戸惑いながらも、自分のカップを持ち上げ、カチャリと合わせる。

「なんだこれ」

と笑いながら、逸子は美紀と、コーヒーカップで小さく乾杯した。

3

青木幸一郎の婚約者が現れる時間が近づくにつれ、時岡美紀はそわそわとラウンジの入り口あたりを気にしはじめた。すでに日が陰ってきており華やかな照明が際立って、ぐっとラグジュアリーなムードだ。

「どんな子？」

美紀がたずねると、

「育ちのいい箱入りのお嬢さま」

相楽さんは一切迷うことなく、そんな紋切型の形容を口にした。

「あの子じゃない？」

美紀の目はすぐに一人の女性を捉えた。

金ボタンのついたネイビーコート。セミロングの髪に控えめなメイクだが、愛らしい顔立ちなのは遠目にもわかる。外資系高級ホテル特有の豪華さに戸惑っている様子はなく、しかしどこかナーバスそうに、ラウンジを見渡して人を探す素振りをしていた。

「あの子です」

相楽さんはこっちこっちと手を振る。

テーブルに近づいてくる榛原華子の、まるで大学出たての娘のような若さ、好戦的なところのないふんわりした優しい顔つきを見ると、こういうのが幸一郎の求めていた結婚相手なのかと思い、美紀は暗に落ち込んだ。共通点がないというより、ほとんど正反対だ。

「はじめまして」

華子はまず時岡美紀に向かってぺこりと頭を下げた。

「はじめまして、時岡です」

美紀はどんな顔をすればいいのかわからず、少し顔が引き攣ってしまう。

コートを脱いだ華子は、グレーのクルーネックカーディガンにパールのネックレスをつけていた。給仕係に差し出されたメニューを受け取るときの、さりげない会釈。注文するときの声の感じのよさ。コーヒーではなく迷わず紅茶を選ぶ嗜好。パテントレザーのバッグを背もたれの前にちょこんと置く、身についたマナーのよさ。華子の一挙手一投足が目に飛び込んできて、そのいちいちにはっとするような驚きと、それから敗北感を感じてしまうのだった。

華子を見ていると、否応なく慶應の内部生の女子たちのことが思い出された。育ちのよさと幅広い経験に裏打ちされた、堂々たる振る舞い。一度も酷い目に遭ったことがないような、つるりとした顔と子供じみた瞳。その無傷な感じは、人を蹴落とそうとする気持ちなど抱く必要のない世界で生きてきた証のようだ。

華子の第一印象は、美紀が内部生と交流したときの数少ないデータと寸分違わぬものである。自分たちのサークルに正式に招き入れてくれることは決してないが、彼らは話してみれば優しく、嫌な気持ちにさせられたことはなかった。ただそれが逆に、美紀にしてみれば、自分たちの世界とは隔てられている見えない壁の、その圧倒的な分厚さ、高さを思わせ、いつも一方的に、かすかに傷ついてしまうのである。これは青木幸一郎と一緒にいるときにも、たびたび味わう感情だった。

企画立案者でありレフェリーでもある相楽さんが、双方に説明した現況をおさらいした。

「こちらが、青木幸一郎と婚約中の、榛原華子。で、こちらが時岡美紀さん。お正月のパーティーに、青木幸一郎と一緒に来てた方」

美紀と向かい合うと、華子は明らかに緊張した様子である。

「どうも、はじめまして」

声をかすかに震わせて華子から挨拶するも、美紀の目をまっすぐには見られないようだ。

「はじめまして」

美紀は軽く会釈する。

すでにかなり打ち解けている美紀と相楽さんのリベラルな空気に、華子の存在はどこか場違いな感じになった。紅茶が運ばれてくると、華子は沈黙をごまかすように口をつける。

「大丈夫？　迷わなかった？」

相楽さんがくだけた調子で訊くと、

「前にも来たことあるから」と華子。

「そうなんだ、意外。華子んちからはちょっと遠いよね、ここ。あんまり使わないかなーって」

相楽さんの言葉に華子はもじもじしながら、

「お見合いのときに一度……」

と小声で言い、かすかに場を凍らせた。

華子はいたたまれない様子で、手持ち無沙汰からかバッグの中をごそごそやると、封筒を取り出し、相楽さんに「これ、母から」と言っていきなり渡した。

「ん？　なに？」

「『三井家のおひなさま』展のチケット。知り合いからもらったものなんだけど、お母さんがせっかく日本橋に行くなら見てらっしゃいよってくれたの。相楽さんにも一枚どうぞって」

「ああ」

相楽さんは興味なさげにつぶやいて、

「あたし、いいわ。前に一回見てるし。そんなに内容変わらないでしょ？」

まったく悪気なく、率直に断った。

「前にもやってたの？」

美紀がたずねると、当たり前でしょうという感じで、相楽さんも華子もうなずいた。

「毎年春先に、三井家が持ってる雛人形が、三井記念美術館で展示されるんです。このビルの一階から入って、隣の三井本館にあるんですけど」と相楽さん。

「ああ、あの神殿みたいな建物？」

「そうですそうです。去年は母親に誘われて行ったんですけど、どーもあたしはそこまで興味なくて。池田重子の『日本のおしゃれ展』とか、うちの母親、ほんとそういうのが好きみたいで、よくつき合わされるんですけど」

相楽さんは冷めたコーヒーに手をのばし、「新しいもの、もらえます？」と給仕の女性を呼び止めてメニューをもらった。

美紀には彼女たち二人のこういった会話が、東京を長年回遊する女性たちの間に、共通している特有の文化のように思えて新鮮だった。母親に連れられて美術館へ行き、恒例となっている展覧会のことを、必修の科目かなにかのように話題にするこの感じ。東京出身者に挟まれ、美紀は疎外感に苛まれながら、それを悟られないように気配を消した。みんなが常識として普通に話していることに、少しだけ無理して、ついていかなくちゃいけない。それがここのしきたりなのか、作法なのかとあたりをうかがいながら、薄笑いを浮かべて実感のこもらない相槌を打ち、感心したり学習したりしている。東京に来たばかりのころは、よくこんなことがあった。

「お雛さまか。うちは小学生までだったな、飾ってくれたの」

そう口にした美紀の〝普通〟は、彼女たちにとっては普通でなかったらしい。相楽さんが驚いたようにこう言った。

「そうですか？　うち、いまも飾ってますよ。母がそういうの好きなんで。でもさすがに雛壇を組み立てるのは大変だから、アップライトの上に適当に並べてますけどね。あ、これ写真」

相楽さんが見せてくれたスマホの写真に写っていたのは、ピアノの上に敷かれた毛氈の上の台座にちょこんと座ったお内裏さまだ。お餅のような福々しい輪郭に、筆で線をスッと引いたような目をしている。

「あ、なんか変わった顔してるね」美紀が言うと、

「あたしが生まれたときに作ってくれたやつなんですけど、どうもおばあちゃまの趣味が炸裂してて」

相楽さんは困り顔でこたえた。

おばあちゃま……？

その呼び方に、突っ込んでいいのか、それともスルーすべきなのか、美紀は彼女たちの出方をうかがい、その呼び方がこちら側の世界での〝普通〟であることを察した。

女雛と男雛の両脇でぼんぼりが明かりを灯し、さらにその横には付属の飾りものとは違う、生の花が見える。美紀が二本の指を使って写真を拡大させると、浅い陶製の花器に幾本もの桃の枝と菜の花が、見目よく活けられていた。

「この花もわざわざ飾ったの？　すごい。ほんとちゃんとしてるね」

「うちの母、お花やってるんで、こういうの好きなんです。花はお花屋さんが毎週届けてくれるから」

個人宅に毎週花屋がデリバリーに来るなんてはじめて聞いたが、ここはあえてリアクションは封印して、ただ一言「へぇー」と言ってみせた。

美紀は蚊帳の外になってしまっている華子に、「どうぞ」と言ってスマホを回した。

「華子の家でも飾ってるでしょ？」

相楽さんに訊かれ、華子はこくんとうなずく。

「写真ないの？　華子の家のは立派そうだな」

華子はバッグを膝に載せると、ブランドもののスマホケースのカバーを開けて人差し指でスクロールし、相楽さんに渡した。写真は、和室に据えられた七段飾りの雛人形が、なんと三セットも横並びになっている壮観なものだった。

「え、なにこれっ」

相楽さんは首をのけぞらせて大いにウケている。

「どれどれ？」

美紀もスマホの写真を見て、「わぁ……」とため息を漏らした。

「うち、三姉妹だから」

華子はもごもごと説明をはじめた。

「兼用っていうのも可哀想だからって、女の子が産まれるたびにおばあちゃまが作ってくれてたら、こうなっちゃったらしくて……」

「お姉さんて、もう結婚してるよね？」と相楽さん。

「うん。いちばん上の姉は結婚して子供もいて、二番目の姉は一度結婚して離婚して、いまは独身」

「お雛さまって、嫁いだあとも実家で飾るもんなの？」と美紀がたずねる。

「母が毎年、全部飾っちゃうんです」

「へぇー。面倒くさくないんだ」

美紀は感心しながらつぶやいた。自分の実家の暮らしは、面倒くさいという理由でありとあらゆるものが省略されていたが。冠婚葬祭をのぞき、もはや文化らしい文化はないと言ってもいいくらいだ。

「飾るのが好きみたいで」と華子。

「まさか二人とも、雛祭りとかも家の中でやってたりする？」

美紀は好奇心から、そんな質問を投げかけた。

「祭りっていうか、ちらし寿司は作るかな。こんな桶で。あとはまぐりのお吸い物くらい」

相楽さんは両手を輪っかにして寿司桶を表現する。華子もこうかぶせる。

「うちも、姉が来たらちらし寿司作るけど、人数集まらないときは手巻き寿司とか。あと、仕出しの手まり寿司をとったり」

美紀はこの二人に大いに引かれるのを承知のうえで、

「うちはお正月とお盆以外の行事は、基本無視だったな」と告白した。

「クリスマスも!?」

華子が派手に驚いて語気を強めた。

「うん。プレゼントくらいはくれたけど、ツリーとかはなかったよ、一度も」

「ツリーがないなんて……」と華子。

きょとんとうなずく美紀に、相楽さんが「ミサとかは？」と質問をかぶせる。

「ミサってなに？　あ、教会でやるやつか。ないない。教会行ったこともない」

華子は「信じられない……」とショックを受けた様子だ。

「え、そんなに？」

美紀は華子の動揺ぶりに、逆に驚いた。

「あ、気にしないでください。うち小中高ずーっと聖書読んで育ったから、キリスト教が叩き込まれてるんで」

「へぇー……、変わってる」

美紀が率直にそう漏らすと、華子はブンブン首を横に振って、相楽さんに確認するようにこうたずねた。

「普通だよね？」

相楽さんは「うん」とうなずきつつ、

「でもまあ、普通って感覚は人それぞれだから」とクールに流す。

宗教や教育、文化、もちろん金銭感覚もすべて、彼女たちが彼女たちなりの〝普通〟を生きていることに偽りはないのだろう。かつて幸一郎の別荘に行ったとき、あまりの豪華さにド肝を抜かれた。そのとき「え、普通だろ」と言い放った幸一郎の、子供みたいな素の表情を美紀は思い出した。そしていま目の前にいる華子にも、同じ匂いを嗅ぎとる。この手の金持ちの天然ぶりは、どうも憎めなくて困る。

ティーカップをソーサーごと持ち上げ、音もなく紅茶を啜る華子の姿を、美紀はちらりと盗み見ながら思った。幸一郎は、自分と同じ世界、サークル、階層に属する華子のような人と結婚することを端から決めていて、だから美紀のような女がどれほど後天的に魅力を備えようと、いい女ぶろうと、本命には決して選ばないのだ。そのことをいま、嫌というほど思い知らされていたのだった。

ここでもし美紀が、相楽さんが言うところの〝男が絡むとまったく話が通じなくなるタイプの女〟だったら、歯噛みしながら華子のことをただただ羨み、恨んで、嫉妬に狂い、自分を見失って、自己憐憫に駆られていたであろう。

しかし美紀は、賢い女である。女が身を滅ぼす物語の典型には、嵌まりたくないと思っている女である。ダークサイドに囚われてしまいそうな感情を飼い慣らし、コントロールして、身を引くことができる女である。だからこそこの奇妙なお茶会に同席しつつ頭の片隅では、これをきっかけに幸一郎とのぐずぐずした関係を清算するのもいいかもしれないと、冷静に考えていたのだった。

なんの生産性もない、どこにもゴールを見出せない、男と女の関係。心地よく馴れ合ってはいるものの、それは間違いなく美紀を搾取し、損なっていくものであることに、彼女はとっくに気づいている。何年も前から、終わりにさせなければいけないと思ってもいる。それなのに、幸一郎から連絡が来れば喜び勇んで駆けつけてしまう自分がいた。

なにより、美紀は華子のことをちらちら見つめながら、自分が幸一郎とここまで長く続いた理由、彼との関係にこだわってきた理由を、ついに発見した気がした。

もしかしたら自分は、幸一郎とつき合うことで、華子のような人生を追体験しようとしていたのかもしれない。東京の真ん中の、裕福な家庭に生まれ、大事に育てられたお嬢さま。十八歳の美紀が、日吉キャンパスの中庭で見たあのまばゆい内部生たちのような存在に、自分もなってみたかったのだ。その思い、そのこだわりが、いつまでたっても報いられることがないとわかりきっていながら、幸一郎との関係を切れなかった理由に違いない。自分は、幸一郎のステイタスに惹かれていたのだ。でも、もういい加減、大学時代のコンプレックスから自分を解放してもいいころだろう。

このチャンスに便乗して、思い切って幸一郎との関係を断ち切るのは、誰のためにでもなく自分自身のために素晴らしい決断になるだろうと、美紀は決心を固めはじめていた。

「榛原さんは」

華子は顔を上げ、美紀の目を見据えた。

なにか意地悪なことを言われたらどうしよう。目の奥に自分への非難が滾っていたらどうしよう。華子はビクつきながら、美紀がどう出るかを待った。

「榛原さんは、幸一郎と婚約してるんだよね？」

「あ、はい。……すみません」

「すみませんって！」

相楽さんが場をなごませようと吹き出す。

美紀も笑顔を見せてこう言った。

「おめでとう」

それが本心なのか華子にはわからないが、ともかく彼女はそう言って、華子と幸一郎の結婚を祝したのであった。

それから美紀は潔く幸一郎と縁を切ることを二人の前で宣言した。自分にとって幸一郎はただの男友達であるとか、そういう見えすいた言い訳は一切口にせず、華子の耳に入れる必要のないことはなにも言わずに、淡々とバッグからスマホを取り出して、ＬＩＮＥのアカウントを削除しはじめた。

「いきなり？　ほんとにいいんですか？　そこは一回会って話し合って、コンセンサスとってからでも遅くないんじゃ」

相楽さんに止められて、美紀はこう切り返す。

「だってあんなカッコいい話を聞いたあとで、ウジウジしたことできなくない？」

美紀は相楽さんに、共犯者めいた笑顔を向けた。

「……カッコいい話？」

華子が首を傾げる。

「さっきね、彼女が聞かせてくれたの。心中……なんだっけ？」

「『心中天網島』」

相楽さんは、きょとんとしている華子に目配せして言った。

「あとで教えるよ」

4

八月半ばの日曜日、青木幸一郎と榛原華子の挙式披露宴は、ホテルオークラ東京の本館一階、平安の間で執り行われた。

経済界では名の通った倉庫会社の創業一族であり、自身は企業法務を専門とする弁護士の青木幸一郎と、松濤で整形外科医院を代々営む家に生まれ、名門私立女子校を卒業した榛原華子の組み合わせは、傍目（はため）には呆れるほどありがちで、いかにもで、凡庸とさえ映るものだった。どちらの家柄も申し分なく当人の経歴も理想的で、見た目も具合よく釣り合ってまさに絵に描いたよう。同じ階層同士の結びつきが一層強化されていくだけの、何世代にもわたってこの世界で繰り返されてきた、ごくありふれた結婚として人々に歓迎された。

大仰なライトアップとクラシック中心のＢＧＭ、以前はキー局にいた男性フリーアナウンサーのけれん味たっぷりな司会も相まって、式はこの上なく仰々しく進行していった。なにしろ青木家側は衆議院議員の伯父の関係者が勢揃いしており、主賓は大臣クラスの政治家だ。彼はスピーチに立つと、軽いジョークを交えつつも最後は、「幸一郎くんのような立派な男にこそ、この国を任せられるというものではありませんか。華子さん、どうかしっかりした家庭を築いて、幸一郎くんを支え、ひいてはこの日本も、ますます発展するよう」云々と、お堅いことを言って乾杯の音頭をとっていた。新郎側の主賓に格を合わせる形で榛原家は、三田会のツテで、ある歌舞伎役者を招いている。政治家も歌舞伎役者も挨拶が済むといつの間にか姿を消していたが、スピーチはいずれもプロとしか言い様のない巧さで、新郎新婦とまったく面識がないにもかかわらず見事に場を盛り上げ、客を温め、役目を果たしていったのだった。

煌々とライトに照らされた高砂の新郎新婦。招待客は三百人ほどで約三十卓が配置され、真正面の一帯は主賓が占めている。新婦友人の席はメインテーブルからはるか遠く、席には双眼鏡まで用意されていた。面白半分に双眼鏡を覗いていた相楽さんは、ウェディングドレス姿の華子を見ながら、

「華子、顔がめちゃくちゃこわばってるな……」

心配そうにつぶやく。

さらに親族席に双眼鏡を向けると、

「青木玲子さん発見！　すごいきれー」と声を弾ませる。

現在はロンドン在住の、青木幸一郎の姉である。

相楽さんは、古典柄がちりばめられた京友禅（きょうゆうぜん）の振り袖姿で、黒髪を色っぽくまとめている。

そしてそのとなりには、時岡美紀が座っていた。


幸一郎とはきっぱり別れると宣言し、華子と相楽さんの目の前で彼のＬＩＮＥアカウントを削除してみせた美紀だったが、一方的に縁を切られた幸一郎は、逆に美紀への執着を見せるようになってしまう。美紀の潔さが裏目に出た形だった。

携帯に電話をかけてきては理由を説明しろと迫り、着信拒否すると今度はフェイスブックのメッセンジャーに怒気のこもった文章を送りつけてくる。幸一郎は「とにかく会って話そう」と懇願した。これまでの、涼しい顔をして高みに立ち、余裕しか見せない幸一郎からすると別人のようなみっともなさ。そのあまりのがっつきぶりに美紀は驚き、大いに辟易した。しかしおかげで、かすかにくすぶっていた未練がすっぱり断ち切られて清々しているし、形勢が逆転したようで気分も悪くはないのだが、後味はすこぶる悪い。かと言って幸一郎に、華子と会ったことを話せるわけでもなく、説明したところで余計に揉めるだけだろう。美紀は息を潜め、この状況をやり過ごすことに決めた。

東京に遊びに来た平田さんにそんな近況を話すと、

「ミキティなにやってんの！」

と雑に笑い飛ばしてくれて、なんだかほっとした。

「男の人ってすごいね。なんか所有欲の塊って感じ。でもまあ、持ってるものが急になくなっちゃうのは、やっぱりショックなんじゃない？　なにがあったか知らないわけだし」

「前はさ、あたしなんていてもいなくてもいいみたいな感じだったのに」

「だったら最初からちゃんとつき合うとか、大事にすればいいのにね」

未婚という共通項で結ばれた二人は、いまや完全に友情が復活している。平田さんは独立起業の夢にいよいよ着手しようと、休みをとってたびたび東京に来ては、取引先の根回しに奔走していた。

「でもよく関係を清算しようと思ったね。そういうのって、切れない人は全然切れないじゃん。ミキティ偉い！」

平田さんは自らの不倫経験を例に挙げて、美紀の決断を褒め称えた。

「未練たらたらになっちゃったらどうしよーって思ってたけど、なんか向こうがあまりにもガーッてくるから、おかげでヒューッて冷めた」

「ハハ、そりゃ冷めるわな」

「冷める冷める。向こうにも、早く冷めてほしい」

「こりゃあもう、全部言っちゃうしかないんじゃない？　あなたの奥さんになる人があたしたちの関係を知って、別れろって迫ったんだって」

「ダメダメ、そんなこと言ったら、華子さんが悪者になっちゃう」

「〝華子さん〟ねぇ。いいね、お嬢さまはみんなに守られて。別にミキティがその子のことかばう義理はないと思うけど」と平田さん。

義理、という言葉に美紀は耳をピクリとさせ、

「あるの。女同士の義理ってやつがね」

にやりと企み顔を見せた。

そうして二人であれこれ、幸一郎をうまく諦めさせる方法を考えた結果、結婚式に新婦の友人としてしれっとした顔で参加する、という案が出された。

「自分が男の立場だったら、息の根が止まるわ」

平田さんは、これしかないねと太鼓判を押す。

「たしかに、絶対取り乱せないシチュエーションだし、釘を刺す意味ではそれが最強か

も」

それでさっそく、美紀から華子に、もし迷惑でなかったら結婚披露宴に出席させてもらえないかと提案したのだった。もちろん、新婦側の友人として。華子には幸一郎にしつこくされていることは黙っていたが、そうすることで、もうアンオフィシャルな場で幸一郎とは会わないことを、幸一郎と華子の両方にアピールできるし、一石二鳥である。美紀はもう、こそこそと日陰に追いやられるような人間関係はこりごりだった。

その申し出に、どう返答すればいいかわからない華子はもちろん相楽さんに相談した。その相楽さんは、こっそり美紀に連絡して訳を問い詰め、幸一郎の不貞な動きを知る。このことは決して他言無用と念押しされた相楽さんは、何食わぬ顔で華子に、「呼べばいいじゃん！　あたしのとなりの席にぜひ！」と明るく立ち回って、この席順が実現したのだった。

こうして新婦友人の正式な招待客として招かれた美紀は、黒いサテンのワンピースに何連にもなったコットンパールのネックレスで首元を飾っている。美紀も双眼鏡を覗き、純白のウェディングドレス姿で静かに目を伏せている華子と、その横でいつもの鷹揚な薄笑いを浮かべる幸一郎とを交互に見遣ると、

「ほんとだ緊張してる。そりゃ緊張するよね。こんな大きな会場で、目の前には偉そうなおじさんばっかり。ロータリークラブの集まりみたいになってるじゃん、あそこ」

と気の毒そうにつぶやいた。それから、双眼鏡を会場のシャンデリアや壁に向けた。美紀はホテルオークラに来ること自体はじめてだった。あと半月で取り壊されることを思うと、これが最初で最後となる。オークラのカーペットは目が詰まってふわりとした踏み心地なので、ヒールに慣れた美紀ですら歩くのには少々難儀したほどだった。

虎ノ門で電車を降り、どうにか本館入り口にたどり着いたとき、美紀はうわぁーっと心の中で感嘆を漏らしながら、ホテルのあちこちをめずらしげに眺めた。外観にも内装にも、日本の美というものをこれでもかと詰め込んでいるのに、まるでわざとらしくない。取ってつけたように「和」を売りにしているわけではなく、控え目で、そして空気が澄んでいた。外資系のラグジュアリーホテルと比べるとスケールこそ小さいが、昔から選ばれた人だけがここを待ち合わせに使っているような、そんな雰囲気だった。

開宴前にとなりの女性に挨拶すると、彼女は青山でネイルサロンを経営していますと自己紹介して、名刺とともにショップカードをくれた。

「西田燿子です。榛原さんの今日のネイルもあたしがしたんです。ここからじゃ全然見えないけど」

と笑っている。

テーブルに双眼鏡が置かれているのを見つけたときは、オペラじゃあるまいしと内心突っ込んだが、たしかにこれがなければ主役の表情ひとつうかがい知ることができない。

祝辞が終わるとケーキ入刀。司会者に「シャッターチャンスです！」と急かされ、相楽さんはスマホを持って席を立つが、美紀は「あたしはやめとくわ」と遠慮してテーブルに残った。司会も音楽も、盛り上げに盛り上げ、「ケーキ入刀！」のコールとともにフラッシュがちかちか光る。そして切り分けたケーキを新郎新婦が互いに食べさせ合うファーストバイトの儀式が続く。

「新郎から新婦へのあーんは、一生食べることに困らせないという約束、新婦から新郎へのあーんは、一生美味しいものを作るからねというメッセージなのだと言われています。それではみなさん、ご一緒に！　あぁぁぁぁーん」

白々しさにあくびが出そうになるのをこらえつつ、美紀はぱちぱちと拍手を送った。

ケーキ入刀の様子を写真に収めに高砂へ詰めかけていた人たちがわらわらテーブルに戻ると、ようやく食事の時間となった。シャンパンで喉をうるおし、オードブルの盛り合わせに手を付ける。フォアグラのテリーヌをつまみ、小さなカップに入ったヴィシソワーズを一口で飲み干し、キャビアとトビコで彩りよく盛りつけられた真鯛のタルタルを舌にのせると、美紀はんーと目を閉じて、相楽さんに「結婚式で出された料理が本当に美味しいなんてはじめてだわ」と耳打ちした。

「ははっ。いままでどんな料理出されてたんですか」

相楽さんが首をのけぞらせて笑う。相楽さんは毎年この時期はドイツに滞在しているが、華子の披露宴のためにわざわざ帰国したという話だった。

牛フィレ肉のポワレをナイフとフォークで切りながら、美紀は感心したように言う。

「だってあたし、こんなレベルの結婚式来たのはじめてだし。政治家のスピーチ、巧すぎてビックリした。やっぱ口が巧いっていうのが大事なんだね、ああいう仕事は」

「あたしは何度か大きい結婚式来てますけど、ＳＰが立ってるようなのははじめてです。大臣クラス呼べるって、青木幸一郎の家、やっぱすごいんですね」と相楽さん。

「ね。ボンボンなのは知ってたけど、どのくらいのボンボンかは知らなかった。本人に訊いても普通としか答えないんだもん」

「それ、あるあるかも。お金持ちの家ってお金持ちとしかつるまないから、本気で自分ちのことを普通だと思ってるんですよね。相対化できないんですよ。あの人たち」

「だからどっかズレてるっていうか、ボケてるんだね」

「ボケてるって酷い！　まぁみんな、おっとり育てられるんですよ」

美紀はあたりを見回してしみじみ言った。

「あたしほんと、全然わかってなかったわ、青木家の格」

「それってちょっと後悔してるってことですか？」

からかうような目で相楽さんが言うので、美紀はコバエでも払うように手を振って、全力で否定した。

「やめてよ、まさか。逆、逆。うちの家族がここにいるのとか、想像できないもん」

そして美紀は、こんなところに家族を呼びたくない、それどころか自分の家族にはこんな思い、味わわせたくない、とすら思っていた。

東京からはるか遠く離れた場所で、小さな田舎町しか知らずに生きている自分の家族は、フランス料理を上手に食べられるわけもなく、初対面の人と当たり障りのない上品な会話ができるわけでもなく、財界人や政治家がガハハと幅を利かせる場に萎縮しきっていたたまれなくなり、いきおい傷ついてしまうだろう。美紀はこれでも幾ばくかは都会のはったりに慣れているつもりだが、それでも最高級ホテルの大宴会場で催される、壮大な茶番のごとき披露宴には圧倒されっぱなしで、新婦友人という〝その他大勢〟であるにもかかわらず、ずっと、かすかに緊張しているのだった。そして周囲を見回して思った。どうやらここにいる全員が、同じ世界の住人らしい。この人たちは何世代も前から東京で足場を築き、成功を収めた人たちの〝末裔〟なのだ。

美紀は席次表に載っている有名政治家の名前をスマホでこっそりググり、ウィキペディアをななめ読みするなり、あまりの血の濃さに思わず驚嘆する。あの政治家とあの政治家、遠い親戚じゃん。先祖はあの幕末志士じゃん。知ってた!? 美紀は興奮気味に相楽さんにスマホを見せる。

「ああ、知ってる知ってる、有名ですよ」

こちら側の世界の端くれに生まれ育った相楽さんは、そんなの常識じゃないですかという態度である。ここは歴史に裏打ちされたエスタブリッシュメントで構成されているんですよと当たり前のように言う相楽さんを見て、美紀は思った。ああ、日本は格差社会なんじゃなくて、昔からずっと変わらず、階級社会だったんだ。つまり歴史の教科書に出てくるような日本を動かした人物の子孫は、いまも同じ場所に集積して、この国を我が物顔で牛耳（ぎゅうじ）っているのだ。

こんなことは東京で、その世界の住人たちと接触しなければ実感できなかったものだろう。世の中がこんなにも狭い人間関係で回っていることは、自分のような庶民には実に巧妙に隠されているように美紀には思えた。青木幸一郎も自分の出自を自慢げに話すことはなかったが、そうすることで、外の世界からはその秘密を――自分たちの世界こそが日本の中枢であるとは――知られないように、上手に隠しているみたいだと思った。そして彼らはとてもとても特殊な世界で生きているけれど、そのことを本人たちは、まったく自覚していないのだった。

中からは、わからないのだ。ずっと中にいるから、彼らは知らないのだ。気づいていないのだ。そこがどれだけ閉ざされた場所なのか。そこがどれほど恐ろしくクローズドなコミュニティであるかは、中にいる人には自覚する術（すべ）がないのだ。

なーんか地元に帰ったみたい。

美紀は思った。

中学時代からなに一つ変わらない人間関係の、物憂い感じ。そこに安住する人たちの狭すぎる行動範囲と行動様式と、親をトレースしたみたいな再生産ぶり。驚くほど保守的な思考。飛び交う噂話、何十年も時間が止まっている暮らし。同じ土地に人が棲みつくことで生まれる、どうしようもない閉塞感と、まったりした居心地のよさ。ただその場所が、田舎か都会かの違いなだけで、根本的には同じことなのかもしれない。

いきおい美紀は思った。

自分は、彼らの世界からあまりにも遠い、辺鄙な場所に生まれ、ただわけもわからず上京してきた、愚かでなにも持たない、まったくの部外者なのだ。

でもそれって、なんて自由なことなんだろう。

5

華子はスポットライトに照らされながら招待席を見渡し、小さなころから思い描いていたのとは違って、結婚式が幸せのピークというのはまやかしであることに、たったいま気づいていた。盛大な式の主役というのは、気持ちがひどく空虚だ。口角をキュッと持ち上げ楚々とうつむいた華子は、マンダリンオリエンタルで美紀と話した日のことを思い出している。

「幸一郎さんって、どんな人ですか？」

華子の不安が口からぽろりとこぼれ落ちると、美紀は驚いたように「……え？」と訊き返し、相楽さんもまた「はい？」と耳に手を当てた。

「ちょっと華子、それどういう質問よ」

相楽さんは豪快に笑ってみせるが、華子は真剣な顔で、

「どんな人か、教えてほしいんです」と懇願する。

美紀はぽりぽりと頭を掻き、少しばかり間を置いてから口を開いた。

「教えるもなにも、あたしの前での幸一郎と、榛原さんの前での幸一郎は、たぶん全然違う人だと思うよ。それって別に嫌な意味じゃなくて、みんな無意識でそうなんだけど。相手によって、自分って少し変わるじゃない？　だから、あたしの知ってる幸一郎は、あんまり参考にはならないと思う。けど……」

「けど？」

華子は言葉の続きを催促した。

「幸一郎って、誰にも嫌われないような、人当たりのいいお坊ちゃんなんだけど、でも本質的には……すごく情の薄い、ちょっと冷たい人かな。あたしはそう感じてる」

華子はそれを聞き、思い当たるところがあったようにこくんと一つ、大きくうなずい

た。

「最初に会ったときから、幸一郎さんはとにかく感じがよくて、優しくて、いい人なんです。けど忙しくて会う時間も限られてるし、なかなか落ち着いて話もできてなくて。それに会話してても、あんまり本心を見せてくれる感じがないっていうか、手応えがなくて。だから、わたしのことを好きなのかどうかも、実はよくわからないんです」

「それでずっと不安そうだったわけだ」相楽さんが言った。

「でもそれって幸一郎に限ったことじゃなくて、そういう男は多いと思うよ？　男の人って、あんまり自分の気持ちをペラペラ話さないし」と美紀。

「だからあたし日本人の男とつき合うの嫌なんだよねー。つき合うまではすごくがんばるくせに、つき合っちゃうとケアもしてくれなくなる」

相楽さんはうんざりした顔で言った。

「まあ広義の、釣った魚に餌やらない問題かもね」

美紀が笑いながら合いの手を入れた。

男の人は、つき合っちゃうとケアもしてくれなくなる。そのケアという言葉に華子は、胸を衝かれる思いでいた。それは華子が過去すべての恋人から、欲しているのに与えられなかったものだ。長いこと抱え込んでいた不満にピタリとくる言葉が嵌めこまれたことで、華子は長年のわだかまりにすとんと得心がいくと同時に、視界がクリアに拓けた気がした。自分が求めていたのは、まさにそれなのだ。

　華子は大事に育てられたがゆえ、自分が大事にされないことに人一倍ダメージを食らってしまう。そして生まれながらに愛情を享受できたがゆえ、それを自分から乞うだなんて、考えただけで惨めになってしまう。結婚を控えた華子の不安はいや増した。

「ねぇ相楽さん、日本人の男の人より外国人の方が、ケアしてくれるものなの？」と華子がたずねる。

「あたしの経験ではね」相楽さんが言った。

「あたしは外国人とつき合ったことないけど、でもそれって外国人の女の人が、相手にどうして欲しいのか、しっかり要求できてるからなんじゃない？」と美紀。

「たしかに。男の人が率先してケアしてるわけじゃなくて、要求に応えてるだけかも。海外にいる日本人同士でよく話すんだけど、外国人には日本人女性がすごく人気があってモテるって言うじゃない？　でもそれって実は、日本人女性は欧米の女性みたいに、自分からどんどん主張とか要求とかしてこなくて、文句も言わず耐え忍んで、面倒な家事やったり、夫にひたすら尽くすのを美徳にしてるっていう、要は男にとって都合のいい人種だっていうイメージがあるから、一定の需要があるだけって聞いたことあるわ」

「げ！　なんかそれショック……」美紀は嘆いた。

「まあとにかく、青木幸一郎だけの話ではないってことだよ、華子！」

だから安心して！　とでも言うように相楽さんは華子の肩をトンと叩いたが、華子は輪をかけてナーバスになった。

「ただ、とりわけ幸一郎って、見た目もよくて弁護士で、家も金持ちっていうスーパー優良物件であることに本人がすごく自覚的だから、自分みたいな男をわざわざ女の方から切ってこないだろうって、舐めきってる部分はたしかにあるかもね」と美紀。

「舐めきってる……」

華子はかすかに戦慄（せんりつ）する思いである。なぜならこれまで、自分は主張らしい主張をなに一つしたことがないのだから、足元を見られて当然ではないか。そんなことを思いながら、華子はこの半年間隠してきた気持ちを、彼女たちの前で吐き出したのだった。

「わたし、ずっと結婚のことしか考えてなくて、だから幸一郎さんの気が変わって結婚できなくなるのが怖いから、興信所に調べられたことすら嫌って言えなくて……」

「ちょ、ちょっと待って、興信所ってなに!?」

相楽さんが怪訝（けげん）な顔でたずねた。

「わたしのこと、向こうのご家族が興信所に頼んでいろいろ調べてたみたいなの。こちらからご挨拶に行く前に。でも幸一郎さんは、そんなの別に普通のことって感じだった」

「興信所……やりそー」美紀はいたたまれない表情でつぶやいた。

「それ、たしかに嫌だよ」相楽さんも目を剝いて怯えている。

華子は続けた。

「わたし、男の人とつき合って、あんまりうまくいったためしがないんです」

「カトリックの女子校行った子はみんなそうでしょ」

相楽さんの小気味いい合いの手に華子はぎこちなく笑って、こう続けた。

「最初はその、可愛がってもらえるし、優しくしてもらえるけど、すぐに飽きられちゃうというか。だから幸一郎さんがあんまりその、ケアしてくれなくても、それってわたしのせいなのかなぁーってうじうじ悩んでたんです。でも正直、結婚できるなら、別にそれでもいいかと思ったりもしてて。波風立てずに、結婚式までやり過ごせれば、もうなんでもいいっていうか」

華子は批判されるのを覚悟して、心の内を正直に語った。そしてもちろん批判は、矢のように降ってきた。

「ていうかその、可愛がってもらえるっていう考えがそもそもダメなんじゃない？　不憫すぎるよ。ペットじゃないんだから、もっと対等な関係築こうよ」と相楽さん。

「あたしもそう思う」と美紀。「それに、結婚すればなんでもセーフっていうわけじゃないんじゃない？　あたしもまだしたことないから偉そうなこと言えないけど、でも、まだ結婚してなくて彼氏からの関心が薄かったり、言いたいことがなかなか言えない関係なのと、結婚してるのに夫から関心持たれなくて、言いたいことが全然言えない関係なのは、どっちかっていうと結婚してる方が、余計に辛いものなんじゃないかな」

「地獄だよ」

相楽さんがバッサリ言い切った。

「じゃあ……その……やっぱり結婚は、取りやめにした方がいいのかなぁ。なんかもう、自信なくて……」

華子はへなへなと声を震わせた。

「いやいやいや、そうじゃなくて！」

悲劇のヒロインモードに、待ったをかけたのは美紀だった。

「なにも、榛原さんをマリッジブルーにさせようと思って言ってるわけじゃないの。百%安心した状態で結婚する人なんていないよ。でも、いまの榛原さん、ちょっと不安定すぎて見てらんない。幸一郎と結婚するのは、いいと思うよ。少なくともちゃんと釣り合ってると思うし、似合ってる。全然無理な結婚じゃないよ。でも……幸一郎って、絶対に変わらないとも思う。プライド高くて傲慢だし。それに経済観念どうなってるのか謎だから、結婚する相手として不安なのは、すごくわかる」

経済観念という言葉に、華子は反射的に反応した。

「一緒に食事行っても、お金払ってるところ見たことなくて……」

華子が付け加えると、

「は？　なにそれ」相楽さんが突っ込んだ。

「ああ、あれでしょ？　麻布の中華でしょ？　昔から家族で行ってるとこだから、幸一郎の顔見たら勝手にツケに会計回しといてくれるんだよ」と美紀。

「ひえぇーお坊ちゃんってすごいね」

相楽さんはあからさまに引いているが、美紀に、

「でもあなたも家族カードとか持ってそうじゃない」

と指摘され、テヘッと舌を出しておどけている。

「幸一郎ってさ、なんでも〝昔から家族で行ってる店〟なんだよね。食事も、着るものも、床屋も、身の回りのことが全部、子供のころからの馴染みの、守られた世界で完結してるの。もちろん人間関係も。慶應つながりの仲間と延々つるんで、新しい友達は作らない。だからなんか、世界狭いんだよね」

美紀の的確な指摘に、うなずくしかない華子である。

その熱心な相槌で調子づいたのか、美紀はさらに吐き捨てるように、

「あとさぁ、ファッションセンスもちょっとアレだよね。スーツはまだいいけど、私服の趣味おかしくない？　とくに夏とか、軽薄なパステルカラーのポロシャツ着て、バミューダパンツ穿いて脛出してるの。あの格好なに？」

「小金持ってる三十代の男ってみんなそうだよ」

相楽さんまで、もはやただの悪口を並べる始末。それから少しまじめな顔で、美紀はこんなふうにも語った。

「まあファッションセンスは置いとくとしても、あのまま挫折知らずで年取って、どんどん偉くなっていくと思うと、ちょっと怖い。傲慢で金持ってて地位も名誉もあるおじさんって、すんごいタチ悪いじゃない。人の意見なんて全然耳に入らなくて、自分の思うとおりに人を動かせると思ってて。自分と自分の周りのお友達だけが世界の中心で、それ以外の人のことなんて本気で視界にも入ってないの。とくにそういう人は女子供のことには、あんまり意識は向かないから。ケアが足りないくらいで不安定になるようじゃ、自分が無駄に傷つくことになっちゃうよ。だから榛原さんは、そういう人と結婚しようとしてるんだっていうこと、ちゃんと知っておいた方がいいと思う」

「……はい」

「幸一郎は、きっと変わらないよ。幸一郎に限らず、他人は都合よく変わったりしない。でも榛原さんは、自分を自分の意志で、変えることができる。幸一郎と夫婦になったときに、絶望しないように、どうすればいいか、心の準備をすることはできるでしょ？」

華子はこくんとうなずいて、すがるように美紀を見つめた。

美紀は言った。

「榛原さんは、幸一郎のどこがいちばん引っかかってるの？　ケアしてくれないところ？」

「……心が……あんまり感じられないところ……かもしれません。心がないわけじゃないけど。なんていうか、適温だから居心地はいいけど、長居するとすっごく底冷えする部屋みたいな、そんな感じで」

美紀は深くうなずきながら、「それはあたしにはどうすることもできないな」と言い、それから「あたしにできるのは、もう幸一郎とは絶対に、二人で会ったりしないってことだけだな」向き直って告げたのだった。

「あたしはもし幸一郎に誘われても、きっぱり断る。あたしにできるのはそれだけ。でもそんなの、痛手でもなんでもないと思うけどね。だって幸一郎、全然本気じゃなかったから。あたしがどこの出身かも、きっと知らないもん」

「時岡さんて東京の出身じゃなかったんですか？」

華子は大いに驚いたのだった。

「あたしも東京の人だと思ってた」と相楽さんもかぶせる。

華子はそのことを、美紀を褒めるつもりで言ったのだった。全然田舎の出身に見えないし、きれいだし、東京の人かと思いました――と。

美紀は彼女たちのリアクションを見咎め、

「東京の人って、東京以外の街にも人が住んでるってこと、すぐ忘れるんだから」

やれやれといった調子で言った。

「……すみません」

華子は口では謝りながら、東京ではない場所で生まれ育つということに、いま一つピンときていない。事実、幸一郎の世界の狭さをあげつらわれ、大いにうなずきながら、それはそのまま自分自身のことにほかならないことに華子は気づいていたのだった。テリトリーから人間関係からなにからなにまで、子供のころからの馴染みの、守られた世界で完結している。華子は、相楽さんや美紀のように、外の世界へと飛び出して行くようなタイプではない。

華子の世界は、ここにしかなかった。

この狭い狭い世界で、うまくやっていくしかないのだ。

お色直しから戻った新郎新婦が、テーブルを回ってキャンドルサービスをはじめるお決まりの進行。照明がぐっと落とされ、ひときわ強いスポットライトを浴びながら、ライラック色のドレスを纏った華子は幸一郎の持つトーチにそっと手を添えて、ぎこちなく微笑んでいる。

入り口ドアを開けてすぐの真正面は、榛原家の親族席だった。モーニングを着た父の宗郎が拍手で迎えてくれた。母京子と長姉の香津子は黒留袖を、次姉の麻友子は背中の大きく開いた黒のカクテルドレス姿で、しきりに写真を撮っている。幸一郎と華子を引き合わせてくれた香津子の夫、真に向かって幸一郎が握手を求める一幕もあるが、これは演出で、司会者がその旨をマイク越しに解説し招待客から喝采を浴びていた。香津子と真に挟まれて座る甥の晃太は、慶應義塾高等学校の制服を着て、無表情にスマホで動画を撮っている。そして祖母は、着物がもう辛いのか、ホワイトゴールドのノーカラージャケットという出で立ちで、目尻を白いハンカチで何度も押さえていた。

それもそのはず、お気に入りの孫だった華子が素晴らしい相手と結ばれたのだから、祖母にしてみればこんなにうれしいことはないのである。祖母は幸一郎の立派な体軀とスマートな顔立ちと、知性と、家柄と、肩書きと、いかにも清廉潔白な雰囲気に、乙女のようにときめいてしまったようだ。おっとりした華子が悪い男に騙(だま)されず、完璧な結婚相手とめぐり合って、こんなに豪華な式を挙げてくれて胸がいっぱい。そんな祖母の様子を見て、華子自身の瞳もこの日はじめて潤んだ。

詰めれば十人は座れる大きな円卓、真ん中にちょこんと置かれたキャンドルの、わずか数センチの芯へ向かって、二人は大きく腕を伸ばす。始終スマホのシャッター音が鳴り、おめでとうと声をかけられるが、次から次にテーブルを回らなくてはいけないので、どうしても素っ気ない対応になってしまうのが華子は心苦しい。ほんのわずかに体勢を変えるだけでも、ビスチェで締め上げられた肋骨がぎゅっと軋むので、きまりきった動きをするだけで精一杯なのである。頬が攣りそうなほど笑顔をキープしているが、体の方は満身創痍といってもいいほどで、介助なしにまっすぐ歩くのさえ困難なのだった。ウェディングドレスを試着したときから、こんな拘束衣のような格好でちゃんと歩けるか不安だったけれど、立っていることさえままならず、よろけそうになるのをこらえるだけで一仕事だった。ふんわり広がるスカートは、軽やかな見た目に反して布地がずっしり重く、パニエで膨らませた分スカートの中はすぅすぅして心許ない。自分の足元がすっかり覆われているので、一歩踏み出すたび、まるで目を閉じて歩くような不安感があった。

　ところが幸一郎はそれが全然わかっていない。ドレスを着て歩くのが、いかに辛く苦しく、危険で、誰かの助けがいることか。さっきも控室で着替えを済ませると、喫煙所で休憩している招待客を見つけるや、挨拶しに自分だけすたすた行ってしまって、華子のことは置き去りだった。見かねて「あらあら、ここにつかまってくださいね」と支えてくれた介添えの人の優しさが恋しい。幸一郎という人は決して人前で冷たい態度はとらないが、ナチュラルに薄情なところがあって、ふとした瞬間にそれが漏れ出てしまうのだ。

　そういう面は、結婚準備に追われていたこの数ヶ月でやっと見えてきたところだった。

忙しいのはわかる。弁護士の仕事がどのようなものなのか幸一郎はほとんど話さないが、六月の株主総会が終わるまでは家にも帰れず泊まり込みの日もあったようだ。だから結婚式のことが任せきりになるのは仕方ないけれど、気になるのは結婚式に対する幸一郎の、あまりにも他人事のような態度だった。華子にとっては一世一代の、人生を丸ごと変えてしまうほど大きな出来事なのに、幸一郎にとってそれはただ単に、一日の〝予定〟でしかない。四度あったウェディングプランナーとの打ち合わせのうち、幸一郎が姿を見せたのは最後の衣装合わせの日だけで、お花やお料理やテーブルウェアを選ぶ試食会やフェアには、華子の母、京子がつき合ってくれた。

華子もドレスを選ぶときは楽しかった。純白のシルク生地やチュールを撫でるだけで夢心地になった。ものによって金額も変わってくるが、「華子の好きなのにしなよ」と言ってもらえただけで笑みがこぼれた。お姫様願望があったわけではないが、それでも肩と背中を大きく出したデザインには胸が高鳴った。ただ、華やかなイメージばかりが先行して、ドレスがこれほどまでに体の自由を奪うものだとは、想像したこともなかったのだ。ウエストを締め上げたドレスが上流階級の女性の日常着だった時代、彼女たちをコルセットから解放したのはココ・シャネルだったという逸話を華子はどこかで聞いたことがあった。たしかにこんな格好をしていては、見た目には美しくともなにもできない。それは当時の女性たちの――そして想像するに結婚後の自分の――従属的な立場を大いに示唆するものであった。

思わずそんな勘ぐりをしてしまうほどの苦痛の中にあって、ついさっき介添えの人が華子に耳打ちした、

「スカートの内側をサッカーボールでも蹴るみたいにすると、うまく歩けますよ」

というアドバイスは、どこか小気味よく、この結婚式の間で唯一、心がほぐれた瞬間だった。えいっ、えいっと、八つ当たりするようにスカートの壁を蹴り歩くのは、こっそりおてんばなことをしているようで胸が躍った。目立たずお行儀よくと育てられ、実際そのような性格を備えていた華子にも、いつの間にかそんな気持ちが芽生えている。

「華子おめでとー!」

キャンドルサービスはようやく新婦友人席にたどり着き、相楽さんの声にはっとして、華子は顔を上げる。

「こっち向いて!」の声に、はにかんだ笑顔をカメラへ向けた。

そして華子の目は相楽さんのとなりにいる、時岡美紀を捉えた。

まぶしそうに目を細めてぱちぱちと拍手を送る美紀。黒いシックなドレスと大ぶりのコットンパールでシンプルに装った美紀を前にすると、ライラック色のぼってりしたドレス姿の華子はいかにも子供じみて野暮ったい。美紀の前でどんな顔をすればいいかわからず、華子は思わず目を逸らした。次の瞬間、

「え？　なんで？」

耳元で幸一郎が小さくひとりごちたのが聞こえた。

幸一郎の顔をちらりと見ると、その目はまさに美紀の姿を捉え、虚を衝かれてうろたえているところだった。

華子はそのリアクションにほのかな怒りを感じ、美紀に向かって、

「来てくれてありがとうございます」

わざと幸一郎に聞こえるように声をかけた。

「お幸せにね！」

なんのわだかまりもない満面の笑みを見せて美紀は、堂々と背筋を伸ばし、拍手を送る。

6

披露宴のあと行われた二次会から新居に戻るなり、華子はあまりの疲れで倒れ込むようにベッドに臥せった。そして翌朝、ぱちりと目が覚め体を起こすと、広々した寝室に一人ぼっちなことに気づく。キングサイズベッドの端っこでぽかんと華子は、長い長い夢を見たあとのように呆然とし、頭の整理が追いつかない。

ていた。幸一郎からはLINEに、〈会社行くわ。ごゆっくり〉と簡潔なメッセージが残されていた。次の日のことも考えず、疲れにまかせて寝落ちしてしまった自分が悪いのだし、幸一郎になにか非があるわけでもないのだけど、それでも見捨てられたような気持ちが胸にわだかまった。シャワーを浴びて着替えても、ぼんやりとしたさびしさは纏わりついて離れず、今日一日自分がなにをすべきかも、華子にはわからない。

沖縄(おきなわ)への新婚旅行が終わり新婚生活のリズムがつかめてきても、幸一郎との心理的な距離が縮まった手応えはなかった。披露宴のとき新婦友人席に時岡美紀がいたことすら、いまだ話し合われていない。幸一郎はまるでなかったことのようにその話題に触れなかったし、そもそも忙しすぎて華子とろくに顔を合わせる時間もない。一人暮らしに慣れた幸一郎は朝食の用意くらいは自分でできるとあって、あまり手がかからなかった。甲斐甲斐しく夫の世話をするつもりでいた華子としては、まるで自分が用無しの役立たずみたいに思え、自尊心はたびたびぐらついた。

ほどなく最初の事件が起こった。出会って一年の記念日を華子は憶えていて、二人がはじめて顔を合わせたあの紀尾井町のオーバカナルで食事でもと提案したところ、

「それって意味あんの?」

本気の真顔で、幸一郎は言ってのけた。

それまで、どんなにカチンとくることを言われても飲み込んできた華子だったが、

「意味なんかないですよね！」

目に涙をいっぱいためながら思わず大きな声を出して、そのままマンションを飛び出してしまったのだった。そして行く当てもない華子の足は、つい実家に向いてしまう。もう出戻ってきたのかと呆れつつも、「まあ、一泊だけなら」と家族は渋々——半ばうれしそうに受け入れた。そして父と母、さらには呼び出された長姉の香津子までが、入れ代わり立ち代わり、結婚とはなんぞやというありがたいお説教を華子に聞かせたのだった。

母は結婚とは我慢だと説き、

「そのうち子供でも産んで立場も固まったら、強く出られるようになるわよ」

と、新婚のうちはとにかく旦那様を立てることを推奨する。

でも、華子はすでにうんざりなのだった。どんなに時間をかけて料理を作ったところで、ありがとうも美味しいもない。料理教室で教わったとおり、彩りに木の芽をのせたり、香りづけに柚子の皮を削ったりしても、なんの感想もなく褒められもしない。せっせとワイシャツにアイロンをかけたところで、

「なんかシワシワなんだけど。クリーニングに出せばいいのに」

幸一郎はことごとく華子の労力を否定した。

この問題に対し京子は、

「家政婦扱いされてると思ったら辛くなる一方だから、自分のことをメイドだと思いなさいね。イギリス貴族のドラマによく出てくるでしょう」

と、的を射ているようでやはり少しピントのずれたアドバイスをして、華子を大いに混乱させた。

父の宗郎は、それこそが結婚であると、むしろ幸一郎の肩を持った。男は社会という名の戦場で戦っているのだから云々なんてくだりはさすがの華子も右から左に聞き流したが、とかく男は生活の細部に手をかける才能を欠いており、細かいことに気のつく女房に、食事から下着から用意してもらって支えられていないとダメな生き物なのだと、弱さや欠点を認めるようなことを言われると、情にほだされて優しくしてあげようかなぁと思い直したりした。

ところがそこへ香津子が来て、「結婚は最初が肝心よ!」と新たな持論を展開し、華子は再びクラッシュした。曰く、恋人時代のままいい顔ばかりしていたら舐められ、つけ上がられ、そのうち浮気でもされて最悪だから、最初のうちにせいぜい先制攻撃を仕掛けて、主導権をしっかり握るべきなんだそうだ。

「だからこのケンカ、絶対に華子から折れてはダメよ」

肩を叩いて激励されてしまった。

結局、バカらしくなって泊まりもせず豊洲に帰ったら、肝心の幸一郎がまだ帰宅しておらず、家出は未遂に終わってしまった。

この手の大きな諍いは、概ね一週間に一度の割合で起きた。幸一郎が使用済みのグラスをあちこちに放置する件について。リビングにラグを敷くかどうかで意見が割れて。髪を切りすぎたと嘆く華子に、「たしかにちょっと変かも」と言って火に油を注ぎ。豊洲は枝光会系のどの幼稚園からも遠いのが気がかりだと華子が本気で悩んでいると、「俺まだ子供作る気ないよ」とあっさり言われ。怒り出すのはいつも華子の方だったが、それと同時に実家に帰ってしまうので、話し合う余地もない。華子が実家でまたいろんな人にいろんな意見を吹き込まれて、なんとなく言いくるめられたり納得して気持ちにケリがついたら、一日も経たずにマンションに戻ってくるので、華子としてはケンカのつもりでも、結局いつもただのひとり相撲なのだった。

結婚生活がはじまって二ヶ月経っても、三ヶ月経っても、状況はまるで変わらなかった。そうして数え切れない悩みを持て余した華子は、これ以上家族に相談しても無駄だと悟り、幸一郎のことをよく知る人物と話がしたいと思った。美紀だ。

けれどはたして美紀を、そんな用件で呼び出していいものか。華子は自分の身勝手ぶりを恥じたし、相楽さん抜きで会話を弾ませられる自信もなかったが、結婚生活――つまりは華子の今後の人生すべてがかかっているとなると、なりふりかまってはいられないのである。

ちょっと相談したいことがあって、結婚式に来てくれたお礼も言いたいので……と、奥歯に物がはさまったようなメールを送ったのが十一月のはじめのことだった。美紀が快諾してくれ、翌々週には約束をとりつけた。

　新居のタワーマンションから豊洲駅まで歩いて八分、そこから地下鉄でたった七分の距離を、華子はタクシーでやって来た。美紀から指定されたのは、有楽町駅を出てすぐのところにあるイタリアンレストラン。土曜日の午後とあって店は満席に近く、誰もが大声でやかましく話し、入るのが躊躇われるほどの活気である。

　広い空間いっぱいに四人掛けのテーブルが配置され、漆喰で装飾された天井にはシーリングファンが回る。先に来ていた美紀は、テラス席に腰掛けていた。Vネックの黒いニットにチョコレート色のストールを羽織って、ゴールドのフープピアスが耳たぶを飾り、唇だけきりっと真っ赤なポイントメイクがとりわけ目を引く。この店の洒落た雰囲気にしっくりとマッチしていた。

　華子は店にも、そして美紀にもかすかに気後れしながら、

「素敵なお店ですね」

　と肩をすくめた。華子としては、若くておしゃれな人でガヤガヤしたこの店より、昔から行き慣れた帝国ホテルのラウンジや銀座の資生堂パーラーの方がよっぽど落ち着く。

「あ、髪切ったんだね」

美紀に言われ、華子は恥じらうように後ろ髪を手で撫でた。ずっと重めのセミロングだったが、結婚後にどうしても気分を変えたくて、思い切ってあごの先あたりで揃えてもらっていた。

「ご注文はお決まりですか」

オーダーを取りに来た男性スタッフは、ダンガリーシャツのボタンをきっちり上まで留め、黒々した髪を横に撫でつけて、流行りの丸眼鏡をかけていた。顔の造作どうこうではなく、全身から都会的な雰囲気が漂う。注文を済ますと美紀は、「ちょっと気取りすぎだよね」と笑って目配せした。華子もまた「ですよねぇ」と同意し、場はすっかりなごむ。

「おしゃれなお店ですね。わたし新しいお店にあんまり詳しくなくて」

華子は何気なく褒めたつもりだが、美紀は店内を見回すと、こんなふうに返した。

「あたし、こういうところが好きなんだよね。なんていうか、田舎から上京してきた人が、東京ってこういうところだよなぁって、勝手に思い描いてるような場所」

「それってどういう……？」

華子には意味がよくわからなくて、思わず訊き返した。

「そうだなぁ、ドラマのロケで使われそうな……って言ったらなんか逆にダサいんだけど、ザ・都会って感じの、華やかで、きらきらしたところ？　ほら、そういう場所って、なんか独特の活気があるでしょ？　気合い入れておしゃれしてる人ばっかりで、うきうきするじゃない？　まあ、みんな東京がアウェイだから、張り切っておしゃれしてるんだろうけど」

「アウェイだから、ですか？」

「だって地元なら、わざわざ着飾る必要ないからね。まぁそもそもあたしの地元には、着飾ってまで行くような場所がないんだけど」美紀は自嘲する。

辺りを興味深げに見回す華子に、美紀はこう続けた。

「こういう店に来る人って、みんなどっか似てるでしょ。雑誌から抜け出したみたいっていうか。東京に憧れて、東京に馴染むようにおしゃれしてる人のおかげで、こういういかにも東京〜って感じの場所は、もっともっと東京らしくなるんだよ。あたしはそういう人たちが作り出してる東京が、好きなんだよね。本物じゃなくて、フェイクなのはわかってるけど」

「……その東京って、どんなものでしょうか」

華子は純粋にそれが知りたくてたずねた。華子にとっての東京は、生まれ育った故郷にほかならない。でもさっきから美紀の口にする〝東京〟には、まるで別の意味合いがあるようだった。

美紀は「うーん、なんだろうね」と遠くを見つめながら、

「きっと、誰の心にもあるんだよ、上京してきた人の心にはね。上京でなくてもいい。東京に観光で来たことがある人も、テレビや雑誌でなんとなく見てるだけの人も、みんないつの間にか東京のイメージを刻み込まれてて、現実とは少し違うその場所に、ずっと変わらず憧れ続けてるんだよ。それが、東京。まぼろしの東京」

そう言うと、運ばれてきたコーヒーに口をつけた。

華子は言った。

「それって、なんだか羨ましいです」

「え!?」美紀は冗談でしょうという顔だ。

「だってわたしには東京って、そんなにきらきらしたものには見えてないですもん」

「そうなの?」

華子はうなずいた。

「もちろん、思い出もいっぱいあるし、家族もみんないるから、東京は大好きです。だけどそういうきらきらな感じには、見えたことがないっていうか」

「ああ、当たり前みたいにあるから、特別ってわけじゃないのかもね。東京生まれの人って、ありがたみが逆に薄いのかも」

店内に充満するエネルギーに圧倒されながら、華子は思った。自分は、東京の稀少種

なのだ。生まれ育った安心安全な世界から飛び出して、別の土地でゼロから人生を築くような強い独立心を持ったことはなかったし、持つ必要もなかった。なにからなにまで親に誂えられた人生。保守的で、退屈。

華子は言った。

「わたし、自分の意志でテリトリーを広げるってことをしてこなかったので、東京って言っても、ずっと同じ、すごく狭いエリアで生きてるんです。怖いから行かない街もたくさんあるし。子供のころから行き慣れてる場所だけでぬくぬくしてて」

美紀は「そりゃそうでしょ。だってここ、華子さんの地元だもん」と、当たり前のように切り返した。「地元に残る子って、みんなそういう感じでしょ？」

その言葉を聞きながら、華子はこうも思う。

——わたしがもし田舎に生まれていたら、きっと東京には来なかっただろうな、と。

「まあとにかく、あたしからすれば東京が地元なんて、羨ましい限りだけどね。東京に出てくる若者って、必ず大変な目に遭うもん。あたしなんて親の援助もなかったから、お金もなくてかなり悲惨な感じで。どうにか社会でやっていけるようになるまで、すごく時間がかかった。だから最初から東京にいて、そういう苦労をしなくて済むなんて、めちゃくちゃ羨ましいよ」

美紀がさっぱりした口調で笑いながら言うのとは対照的に、華子の胸にその言葉はじくじくとわだかまった。

「苦労してないって、人としてダメですよね」

「え？　……そんなことないでしょ」

遠慮がちに美紀は言う。

「いえ、ダメですよ。ダメなんですよ。わたしは、苦労してない自分のこと、ダメだなあって思います。ぬるいなぁーって。ぬるま湯で生きてるなぁって。大した苦労もしないで生きてきたから、結婚にも失敗してる」

「ちょっとちょっと、飛躍しすぎ！　それに結婚に失敗したっていうのは、離婚した人の言うセリフだし」

美紀はおおらかな笑顔で笑い飛ばした。

「東京のいいおうちに生まれて、なんでも持ってる華子さんみたいなお嬢さま、最強じゃない」

するど華子はぶんぶん頭を振って、意外なことを言いはじめたのだった。

「それがわたしにとっては、いちばんのコンプレックスなんです。たまたま恵まれた家に生まれただけで、ベルトコンベアー式にぬくぬく生きてきて、苦労も挫折もなくて、だから人生に、なんにも語るべきことがない。学歴も職歴も、全部親がしてくれたことで、自分はなににもしてない。だから釣り書の見栄えはよくても、実際はスカスカなんです。自分の力でなにかを得たこともない、成し遂げたこともない。それに臆病だからテリトリーの外に出ようともしない。人生を切り拓く力もない。取り柄もないし、仕事も好きじゃないし、好きじゃない仕事を続ける根性もない。本当になんにもないんです。だから男の人にもすぐに愛想を尽かされてきました。たぶんわたしが、人としてつまらないから。わかってるんです。だからこそこんな自分は、結婚するしかないだろうって思いました。自分の力で生きていけない平凡な女は、結婚するしか道はないんです。だから、すごく焦ってたんです。誰かが用意してくれる人生にうまいこと乗っからないと、自分の人生を、自分の力で先に進めることができないって、知ってたから。……わたし、幸一郎さんと出会うまで、ちょっとの間、婚活みたいなことをしてたんです。婚活は、辛かったり大変だったりしたけど、同時にはじめて自分の意志で生きてるって感じもしました。はじめて困難にぶつかってる手応えがあって。もちろんその最中は婚活なんて嫌だったけど、あとになって思い出してみれば、いっぱいいろんなことを考えた時間でした。不安でたまらなかったり、それに耐えたりして、ちょっとは自分を褒めたくなるような、そういう時間でした。それまでの自分からは考えられないくらい主体的に動いて。でも幸一郎さんと出会った瞬間に、そんなの全部なかったことになったんです。ちょっと惨めな思いを味わっただけで、なにも残らなかった。幸一郎さんは、またベルトコンベアー式に結婚話を進めてくれました。両親から幸一郎さんにパスされただけで、相変わらずわたしは、用意されたものに乗っかるだけの人生なんです。そりゃあ自分が望んでいたことではあります。矛盾してるけど、そうするしかない自分には、失望もしてるんです。幸一郎さんも、思ってるはずです。本当は、美紀さんと結婚したかったし、その方が幸せになれたんだろうって。わたしと結婚したのは、体面を保つためで、本気じゃなかったって」

華子が一気呵成(いっきかせい)に喋りおえたタイミングで、アイスやチョコでたっぷりトッピングされたパンケーキが二皿運ばれてきた。美紀は「まあまあ」と気まずそうに、

「ひとまずコレ、食べましょうか」

華子にフォークを渡した。

もぐもぐと口を動かす美紀に、華子はなおも続けた。

「だから、あの、本当にごめんなさい」

「ごめんって、なに？　なにに対して？」

「全部です。幸一郎さんのこと。わたしが出てきて、なんか、三角関係みたいになってしまって。横取りしたみたいな、形なわけじゃないですか」

「もういいって、それは。何度も言うけど、どう考えても悪いのは幸一郎でしょ、この場合。謝るべきは幸一郎だから。あたしにじゃなくて、幸一郎が華子さんに謝ることだから。そうでしょ？　それに、いつまでも都合のいい女やってたあたしも悪い。幸一郎

だけが悪いんじゃなくて、あたしもなの。呼び出せば来てくれるかもしれない男の人がいるっていう関係に、ずっと甘えてたんだよ。彼氏彼女みたいな面倒がないっていう、気楽なうっすーい関係のままで、放置してたの。それで、ずっと寂しさとかをごまかしてたの。でも、これってどうなんだろうって考えることもあった。だからその時点でケリをつけるべきだったんだよ。いい年してぐずぐずしてたこと、恥ずかしいもん。自分自身に対して、よくなかった」

それでも華子は、「でも、謝らせてください」と頭を下げた。

「ごめんなさい……」

美紀は「いいから」となだめながら、こうも言った。

「えらいね、あなた。ちゃんと謝るとか。あたし昔、まだ若かったときに、三角関係でそっちの立場になったことあって、ひどいこともしたんだけど、でも、うまく謝れなかったよ。なんか怖くて」

「相手が、美紀さんだったから……。今日も来てもらえて、本当にありがとうございました」

「……で、前置きがすごく長くなっちゃったんだけど、相談って？　なんだったの？」

こうしてようやく、本題の悩みが打ち明けられた。

「幸一郎さん、いますぐってわけじゃないけど、弁護士事務所を辞めて、議員の伯父さんの秘書になるそうです。それを聞いてしまって……」

「やっぱりそうなんだ」

美紀はまるで知っていたかのように言うので、

「えっ!?」と華子は驚くが、

「だってあの結婚式、モロそんな感じだったから。後継者のお披露目が目的だったのかなぁって。何年か秘書やって、伯父さんの後釜に立候補するパターンでしょ。でも幸一郎も可哀想だよね。きっと後援会に担がれて、断りたくても断れない立場なんだよ」

「美紀さん、詳しいんですね」

「うん。銀座のクラブで働いてたことあるから、その手の話にはね。うちの地元なんかも、一帯で応援してる政治家がいたりするし。その先生が引退したあと、誰に継いでもらうかで揉めてるなんて話も、聞いたことある。ずっと秘書やってた人が自分が後継者になりたいって名乗りでてたんだけど、ほら、田舎のじーさんばーさんは血縁が大好きだから。結局、東京にいる先生の息子が、サラリーマン辞めて立候補してた。そんで、見事当選！」

「経験ゼロなのにですか？」

「そう。田舎の人って、経験とか実績とか政策とかまるっきり無視して、個人的に知ってるかどうかとか、情とか習慣で投票するから。だからニコニコ手振ったり握手したりすれば、投票用紙を前にしたとき、従順におなじみの苗字を書いてくれちゃうのよ」

「へぇー」

「だから将来、国会議員にならなきゃいけない家に生まれた男の子には、思いっきりわかりやすい名前つけるんだって。太郎とか一郎とか。そうすればどんな学のない人にもすぐ憶えてもらえるし、刷り込みで投票用紙に書いてもらえるから」

「そういえば幸一郎って名前も……」

「ちょっとその気はあったのかもね。たしか、伯父さんのとこには男の子いないんじゃなかった？」

「ですね」

「じゃあドンピシャだ。もしかしたら幸一郎、弁護士になったのも、それがわかっててだったのかもね。潰しが利くでしょ、弁護士なら。政治家になるまでのつなぎに」

「でもそれを、わたしになんの相談もなく決めちゃうのって、どうなんでしょう」

「たしかに酷いけど、幸一郎はそういう奴だよ。もっと心を開いて、ちゃんとした会話をしてほしいなら、自分からどんどんぶつかって無理矢理こじ開けて、ちょっとずつ関係築いていかないと、一生あのまんまだと思う。あたしは、なんとなくノリを合わせてただけで、本当に踏み込んだ関係ではなかったから、そういう意味での気楽さが、逆にあったのかもね。でも、華子さんはそうじゃないじゃない。奥さんなんだし、一生ずっと関係は続くんだから、もやもやしてるんならちゃんと言った方がいいよ。自分はこうしたいんだって主張できるようにならないと。旦那さんじゃないほかの誰かに愚痴ってすっきりしても、なんの解決にもならないもん。難しいことだとは思うけどね。あたしも男の人にちゃんと自己主張できるようになったの、けっこう年食ってからだし」

「そうなんですか？　意外……」

「意外って！」美紀は笑って流す。「でもそうだよ。男の人と彼氏彼女の関係になって、何人目までかは、わりと言いなりだった。嫌われるのが怖かったし。でもね、つき合ってるうちに、これは許せないってことをされて、怒って、ケンカして、仲直りして、っていうことを繰り返していって、少しずつ男の人に、自分を出せるようになっていった」

「わたしは、許せないことをされても、ちゃんと怒ることもできないです。そういう感情を出していいところなのかもわからなくて」

「怒りは、大事だよ。あと、男によっては、対等な口を利いてくるような女とはつき合わないって人もいるんじゃない？　まああたしは、そういう人は絶対ゴメンだけど」

「幸一郎さんて、どっちなんでしょう？」

華子は、少し声を潜めた。

「えー……どうなんだろう。だからあたしはさぁ、幸一郎にとって、そんなまじめにつき合う対象じゃなかったから」

「幸一郎さんはわたしとも、まじめにつき合ってたとは思えないです。最初は、幸一郎さんの方が積極的だったはずなのに」

「あーなるほどね。でも、仕方ないのかも。男の人って女の人より、恋愛とかプライベートに割くパーセンテージが低いでしょう。よっぽど恋愛体質の人とか、不倫して頭が沸いてる人以外は。恋愛とか結婚って、女にとっては全力で当たるようなテーマだけど、それが男の人にとっては意外と、めちゃくちゃプライオリティ低かったりするんだよ。幸一郎なんて、普通に仕事が八十%とか九十%くらい占めてたりするんじゃない？　幸一郎に限らず男の人ってみんな、多かれ少なかれそうなんだと思うよ」

「そうだとしたら、奥さんて孤独すぎません!?　その一、二割のために、全人生捧げるなんて」

華子がすごい剣幕で言うので、美紀は驚いた。

「華子さん、やっと自我が出てきた」

「え？」

「主張、できてるできてる」

「……いまのが？」

「うん。華子さんと話して、はじめてオッって思ったもん」

「いいのいいの。その調子で、幸一郎にもちゃんと自分の気持ち話しなよ」

華子は、子供のように素直にうなずいた。

「……すみません」

美紀は「じゃあそろそろ」と、腕時計を見て言った。このあと、神楽坂のブリティッシュ・カウンシルで英語の授業があるそうだ。九月から通いはじめたのだと、美紀はうれしそうに言う。

「あたしね、もともと英語が話せるようになりたくて大学に入ったの。英語を使う仕事に昔から憧れててね。でも慶應には帰国子女が普通にいて、いまからどうがんばったって敵いっこないって諦めちゃったまま、自分がなにしに東京に来たのかも忘れてた」

それを思い出したきっかけは、華子の結婚式だったそうだ。

相楽さんが、ロンドンからはるばる式に出席した幸一郎の姉夫婦に声をかけ、イギリス出身のご主人とも流暢に会話を弾ませるのを見て、美紀は「英語話せないまま死ぬのはやだなー」とつくづく思ったと、笑いながら言った。

「死ぬほど受験勉強したのに、単語も文法もけっこう忘れてて、マイナスからのスタートなんだけどね。でも、楽しい。なんか学生に戻った気分で」

そして美紀は、まるで上京したての大学生のような初々しい笑顔を見せると、最後にこんなアドバイスをくれた。

「ケンカしたときはさぁ、コミュニケーションとるチャンスなんだから。本人と話さなきゃ、本人と」

そうして美紀は「じゃあまたね！」と、駅で颯爽と手を振った。

7

その年の暮れ、幸一郎の祖父が入院し、翌一月にこの世を去った。

八十九歳の大往生だった祖父の通夜には現役の政治家が顔を見せ、社葬が後日改めて行われた。青山葬儀所前にずらりと整列し頭を垂れた喪服姿の社員たちの前を、一族全員がしずしずと入場する、その列のいちばん最後を華子が歩いた。

四十九日が明けて一息ついたのも束の間、相続のことで弁護士の知識を頼りにされている幸一郎は、たびたび実家に呼び出されるようになる。問題は神谷町に所有している土地の評価額込みで割り出される莫大な相続税を、祖父の死後十ヶ月以内に、原則現金で一括納付しなければならないことだった。おそらく最高税率がかけられることになるが、一等地にこれだけの土地を所有するために毎年数千万単位の固定資産税を払っており、いくら資産家といえども預貯金は目減りしていく一方で、億単位の相続税をポンと払えるような体力はもはや青木家にない。そのうえ、伯父の政治活動にかなりの金をつぎ込んでおり、現金を作るためにすでに財産の大部分は切り崩されている。

　もちろん相続のことは以前からわかっていたことで、税理士から対策のスキームをさんざん提案されてきたが、頑固な祖父はこれをまったく受け入れず、ただただ土地を守ることに執着した。元は武家屋敷だった歴史ある土地を、自分たちの代で細切れにするわけにはいかないというのが祖父の考えである。祖父を敬愛する幸一郎は、その願いを叶えたい一心で奔走した。

　こういったピンチは夫婦の絆を強めるチャンスでもあるが、幸一郎はこの件に関して、とかく華子を蚊帳の外に置いた。そして幸一郎はプランを繰り上げる形で弁護士事務所を辞め、伯父の事務所に入所し、私設秘書として選挙区である地方の小都市に通う生活がはじまる。また世襲議員かと批判されるのは目に見えているが、曾祖父の代から築き上げてきた家名と地位と後援会をフイにするわけにはいかず、選択の余地はなかった。

　週のほとんどを地元選挙区での活動に充てるようになった幸一郎との時間は、ごくごくわずかなものとなった。幸一郎がそこでどんな活動をしているのかを、華子はフェイスブック越しに知る。さわやかな作り笑顔で農家の人と共に写ったり、金屏風の前で演説する伯父の後ろにキリッと真面目な顔で立っている写真を見ながら、華子はどうにも違和感を拭えなかった。

一人の政治家が、このようにして誕生しようとしている。華子と同じ小さな世界で、なに不自由なく生きてきた幸一郎のような特権階級の人が、いま、国民の代表として政治の世界に参入しようとしている。出馬すれば初当選は間違いないだろう。若く見栄えもよく経歴も素晴らしい幸一郎に、きっと世間も注目するだろう。もてはやされるだろう。華子はこれまで政治に特別の興味を抱いたことはなかったが、だからこそそのからくりのようなものを傍で垣間見て、空恐ろしい気持ちに駆られたのだった。

怒濤の日々の中で、華子の存在だけがぽっかりと宙ぶらりんに孤独である。一日の予定がなにもなく、もともと社交的なタイプではない華子はマンションの部屋から数日出ないこともざらだった。そうなると昼まで寝過ごすようになり、昼夜は逆転して深夜に目がらんらんと冴える。当然、世の中との接点はテレビとネットだけだ。何年も前のドラマを見るのが唯一の楽しみとなり、ネットで自分と同じ状況の人の発言を読んで心を慰めるという生活になった。

そんな暮らしを心から謳歌できるほど華子の神経は太くなく、自分はいったいなんのためにここにいるのだ、という実存的な悩みを抱くようになるが、母や姉たちに相談したところで「早く子供をつくればいい」と忠告され、ますます懊悩は深まるばかりであった。

「子供がいれば妻としての立場も固まるし、死ぬほど忙しくなるからさびしいなんて言ってられなくなるわよ。華子、赤ちゃん好きでしょ？」

香津子のアドバイスはもっともなのだろうが、すっかりナイーブになっている華子にしてみれば、その手の露骨でしたたかな思考には拒否反応が出た。

天気予報を見ても、一日中部屋にいて出かけない自分には関係のないことだと疎外感を覚えるほど孤立している。そうして神経が昂ぶっていたところ、出張中の幸一郎へ〈帰りはいつですか？〉とすがるように送ったＬＩＮＥが鮮やかに既読スルーされたとき、華子は泣いた。怒る気力もなくただただ泣いて、自分を憐れんだ。

ありあまる一人の時間は華子にとっては毒になるばかりだった。天気が悪ければ雲の中にすっぽり隠れる高層マンションの部屋は独房のように精神を蝕んだ。華子には、向いていなかったのだ。放っておかれる妻という立場に、あまりに向いていなかった。誰もが羨むようなお膳立てされた新居で、こんなにも暗く憂鬱な気分になるなんて、おかしいのはわたしだと自分を散々責めた。

華子が幸一郎に離婚届を突きつけたのは、それから半年後のことだった。

「え、意味がわからないんだけど」

幸一郎はまさしく狐につままれたような顔で華子に言った。

「もしかして本気？」

神妙にたずねる幸一郎に、華子は静かに大きくうなずいた。

大事な時期に離婚なんて絶対にダメだと青木家からは猛反対され、怒号を浴びた。榛原家の誰もが華子はどうしてしまったんだと驚き、失望し、嘆いた。離婚は、すべての人の期待を裏切ることだった。

揉めて裁判に持ち込まれるわけにはいかないと、幸一郎は渋々離婚に応じる。慰謝料はむしろ榛原家の方に請求され、宗郎がそれを支払う形で、秋のはじめには円満離婚という決着がつけられた。義母には「二度と神谷町には足を踏み入れるな」と怒鳴られた。たしかに悪いのは華子だった。酷い嫁だった。華子は史上最悪の花嫁だった。榛原家にとっても、素晴らしいところへ嫁いだ自慢の娘だったのが、愚かで自分勝手で許しがたい恥さらしの出戻り娘となった。これまでそのポジションに座っていたあの麻友子でさえ、「華子どうかしてる」と冷たく眉をひそめた。

いろんな人を敵に回して華子は離婚した。黙って耐え忍び、幸一郎と形だけでも夫婦でいた方が、よっぽど平和でいられただろう。

けれど不思議と、華子は一片も後悔していなかった。

終章　一年後

新幹線に乗って東京からぐいぐい離れて行くと、不思議な解放感がある。勝手のわからない非日常の世界が広がっているようで、かすかな緊張とともに、自分をがんじがらめにしていた些末な常識から自由になれる気がするのだ。

榛原華子は窓の外を眺め、流れる景色をいまは、好奇心いっぱいに眺めていた。

窓際に座る相楽さんが、

「席替わるよ」

と言うが、この旅の主役はあくまで彼女。華子は頑なに、

「いいのいいのっ、ゆっくり休んで！」

相楽さんの体調を気づかった。

離婚した華子は相楽さんのマンションに住まわせてもらううち、彼女のマネージャーのような仕事をするようになっている。ドイツの部屋を引き払って日本に拠点を移した

相楽さんは、事務所には入らずフリーのヴァイオリニストとして活動をはじめたが、次第に一人では切り回せなくなり、見かねた華子が身の回りの細かな事務仕事を引き受けるようになったのだった。スケジュール調整、運営側とのメールのやり取り、ギャラ交渉、請求書の発行、移動の手配、衣装の管理、さらにはSNSでの宣伝まで。外国歴の長い相楽さんは主張をはっきり口にするから人とぶつかることも多かったが、間に華子が入ればマイルドに中和され、ことはスムーズに進んだ。それに華子としても、適度に自分を活かせる仕事ができて、まさにWIN‐WINの関係なのだ。いまでは相楽さんは、「華子がいないと仕事ができない」とまで言うようになっている。

この、『山の音楽会２０１７』と題されたクラシック音楽フェスへの相楽さんの出演をブッキングしたのも華子だった。普段は東京で、それこそセレブと括られるようなきらびやかな人が集まるパーティーで演奏することが多いが、ときたま地方都市で開催されるイベントから声がかかることもあり、東京以外の土地へ行く機会も増えてきた。

「駅前に美味しいカレーを出す喫茶店があるんだって」

スマホで現地の情報を調べまくる相楽さん。

「え〜食べたい！」

横からカレーの写真を見た華子が、悶えるように声をはりあげた。

かつては決して足を向けなかった場所が、この一年でずいぶん身近になった。相楽さんに同行するようになったことで、華子の視野もぐっと広がったようだ。華子は自分がどれだけ狭い世界しか知らなかったのかを各地へ行くたびに思い知らされた。いろんな言葉があって、いろんな町があって、いろんな食べ物がある。一つとして同じ土地はなく、そのどれもが華子にとってはめずらしいものだし、たとえさびれていたとしても、なんだか輝いて見えた。それは美紀の目に東京がことさらきらきらして見えたのと、同じ原理かもしれないと華子は思う。

在来線に乗り換えて一時間ほど。終点となる山裾の町へとさらに移動するが、その電車の古ぼけた感じも、窓から見える閑散としたなにもない景色も、二人にはいたく新鮮に映る。相楽さんは夢中でスマホを向けて写真を撮り、華子もきゃっきゃとはしゃいだ。乗客は、地元の人と思しきおばちゃんが一人と、鉄道ファンらしき男性二人組、それから登山リュックを背負った中年夫婦、同じく山登り目的らしい外国人観光客の姿も見える。たった二車両の可愛らしい電車、華子たちを合わせても十人に満たない空き具合だ。景色は田んぼだらけだったのがいつの間にか山深くなり、大きな岩が転がる川を望んだと思ったら、ダムらしきものが見えてきて、さすがに相楽さんも不安になったのか、

「まだ先？」と華子にたずねた。

「うん。あとちょっと」

グーグルマップで確認しながら、華子はきびきびした調子で言う。

電車を降りた二人は、完全にバカンス気分で盛り上がっている。大きなキャリーバッグを転がしながら華子は、

「あ！　カレーの美味しい喫茶店ってあれじゃない？」

駅前にあるロッジ風の店を指差した。

ヴァイオリンのケースを大事そうに抱える相楽さんも、

「もう入っちゃう!?」

などと仕事を忘れて盛り上がる。

目の前にも後ろにも山がそびえ、カンカン照りで気温は高いが、木陰に吹く風は涼しく空気はあきらかに澄んでいて気持ちがいい。どこからともなく演奏が聞こえ、駅の周辺には音楽会の客らしき人も適度にいてほのかに活気づいているが、同時に心地よいゆるさがあった。

『山の音楽会２０１７』は今年で五回目を迎える。ある世界的演奏家が晩年の避暑地として滞在したゆかりから、メイン会場のホテルを中心にあちこちで大小の演奏会が開かれるイベントで、毎年国内外の演奏家が招かれた。普段はクラシックに縁のない地元の人も演奏家を歓迎してくれ、交流するのが楽しみの一つになっているという。

「こういうところで弾けるなんて最高じゃん」

相楽さんは心からうれしそうだ。セレブが来るような気取ったパーティーより、地方

でのくだけた演奏会の方が性に合っているらしい。

送迎バスで十分ほど走り、ホテルにチェックインを済ませると、相楽さんはすぐにリハーサルに入った。

客席から見守っていた華子に、

「マネージャーさん……ですか？」

スタッフTシャツを着た、まだ大学生のような若い男性が話しかけてくる。

「今日の夜、上のバーでボランティアの軽い打ち上げがあるんで、よかったら来てください！」

親睦会の案内を手渡してきた。

さわやかでカジュアルなそのお誘いに、

「ありがとうございます。もちろん伺います！」

華子も笑顔でこたえる。

スタッフの男性はうれしそうに、ペコリと頭を下げて去って行った。

こういう場にいるときの華子は、誰でもない。出自も、属性も、離婚した過去も消え、誰でもない何者でもないただの人として見られる。その状態が心地よかった。

初対面の演奏家との本番を無事に終えた相楽さんは、

「あー緊張したー！　けど楽しかった」

　顔いっぱいに達成感をにじませる。

「ピアノの子と仲良くなったから、東京戻ったらごはん食べようって話してたの。また一緒にやろうって」

　と言って、彼女の名刺を華子に渡した。こうやって演奏家同士の横のつながりもできるため、ギャラに関係なく音楽会の仕事は引き受けるようにしているのだ。

「着替えてから打ち上げに顔出すわ。先行ってて」

　相楽さんが部屋に戻るのを見送り、華子はホテルの最上階にあるバーへ向かおうとエレベーターのボタンを押した。最上階といってもたった四階だが、この辺りではいちばん立派なホテルである。

　エレベーターのドアが開くと、いかにもお偉いさん風のスーツ姿の男性たちが乗っていたので、華子はうつむき加減に会釈をして乗り込んだ。

「華子？」

　聞き覚えのある声にはっとして華子は顔を上げた。

　幸一郎だった。

　四階に到着するとエレベーターホールで幸一郎は、

「プログラムに相楽逸子さんの名前があったのは見てたんだけど、まさか華子まで来てるとはな」

　気まずそうに頭を掻いた。

　自分は伯父さんの代理としてイベントに出席し、協賛者に引き合わされるたびひたすら名刺交換して回っていたのだと言った。そうか、ここは幸一郎にとっての地元──青木家のルーツであり、いまは選挙区でもある土地なのだ。幸一郎はありとあらゆる会合に顔を出して、とにかく人脈を作っている段階らしい。

　華子の方はしどろもどろに、いまは実家を出て相楽さんのマンションに住んでいることと、成り行きでマネージャーのような仕事を買って出ていることを話した。この状況をどうしていいかわからず困っていると、

「すみませんがそろそろ……」

　お付きの人らしき人物に急かされてしまう。

「あとで一杯つき合ってよ」

　去り際に幸一郎が言い、華子はこくんとうなずいた。

　四階のバーではすでに打ち上げが盛り上がっている。

　幸一郎は次から次へと挨拶に忙しそうだが、やっと体が空いたらしく窓際のカウンターにやって来て華子のとなりに座ると、グラスワインの赤を注文した。

「まあ、じゃあ、一応」

幸一郎が気まずそうに音頭を取って、静かに乾杯する。

華子は一口ぐっと呷るなり向き直って、

「幸一郎さんあの」

と話しかけるが、それを遮って幸一郎の方が、

「華子、悪かったな、いろいろ」

先に口にしたのだった。

華子は頭をぶんぶん振って言った。

「それはこっちのセリフです。全部わたしのせいですから。わたしのわがままであんなことに……」

必死に声を絞りだすも、

「ごめん、全然聞こえない」

幸一郎は笑いながら言った。

店じゅうに人々の声がさんざめいて、お互いの顔を近づけて話さないかぎりなにも聞こえないありさまだ。

「華子はいまはヴァイオリニストのマネージャーかぁ。華子にそんなことができたなんて、なんか信じられないな」

などと軽口を叩き、「いやごめん。でもさぁ」と笑いかける幸一郎は、東京にいるときよりも気が抜けて話しやすい。東京にいるときの幸一郎は、もっと人と距離をとったし、どこか冷たい感じが否めなかった。

「マネージャーってわけではないんです。相楽さんは事務所に入らず、ずっと一人で演奏活動しているので。でも、ただで住まわせてもらうのも悪いから、いろいろ手伝っているうちに、ちょっと楽しくなってきて」

華子は別れた幸一郎の前で、いまが楽しいという本音をこぼしてしまい、内心焦った。離婚した女は辛い目に遭って罰を受けなきゃいけない、一生幸せになってはいけないと、さんざん幸一郎の母になじられたのに。

仕事内容をあれこれ話していると、

「華子がギャラ交渉できるなんて信じられないな」

幸一郎が大笑いする。

「できますよ！　ちょっとふっかけるんです」華子は恥ずかしそうにこたえつつ、「これでもけっこう向いてるんですよ、わたし」と胸を張ってみせた。

実際、華子は驚くほどこういう仕事が合っていた。誰かの世話をし、支え、尽くすことでその人が輝くと、得も言われぬ喜びを感じる性分なのだ。自分はあくまで裏方に回って、表舞台に立つ人をバックアップするのが得意。華子自身、ようやく少し、自分のことがわかりはじめている。そしてなぜ幸一郎とはこういう関係を築けなかったのかと、ふとした瞬間に思い出すこともあった。よい奥さんと、いまの自分。尽くす相手が違うだけで、やっていることはほとんど同じはずなのに。

「華子がそんなしっかり者だったなんてな」と幸一郎。

華子も、かつての自分がいかに頼りなかったか、重々承知している。とても社会を独力では泳いでいけなかったし、流れに乗っているだけで、自分の意志すらあやふやだった。まさか働くことにここまで生きがいを感じるなんて、誰より華子自身が驚いていた。

「華子、いくつになった?」

「三十歳です」

幸一郎はワインを吹き出しそうになりながら、

「華子が三十代とか、マジで想像つかないな」と笑う。

「でもわたし、いまの方が生きやすいかも」

華子は愉快そうに言いながら、「いまの自分の方が好きだし、毎日が楽しい」と、心の中でつけ足したのだった。

「すみません、ちょっと紹介したい方が……」

呼ばれた幸一郎はまたひっきりなしに挨拶し、一段落したところで華子の元に戻って来て言った。

「なあ、外行かない？」

二人して抜け出し、ホテルの外に出ると、今度は耳をつんざくような虫の声がそこかしこから聞こえる。山は真っ黒で恐ろしいくらいだが、星は空一面にまたたいて美しかった。華子が「プラネタリウムみたい」と感動していると、幸一郎が「いやいやいや、プラネタリウムの方がフェイクだから」と笑う。

駐車場の先にある東屋（あずまや）まで歩き、ベンチに腰を下ろした。

「けっこう冷えますすね」

腕をさすっていると、幸一郎は着ていたジャケットを脱いで華子に渡す。

華子は少し戸惑い、照れながらも、それをすっぽりと羽織る。ジャケットからはほのかに体温が感じられ、なんだかドキドキしてしまう。

「あんまり政治家っぽいんでびっくりしました。やっぱり向いてるんですね」

「向いてないよ、嫌々だよ。いや、嫌じゃないけど、仕方ないんだ。俺はあの家に男として生まれた以上、あの家を守って、次につないでいくのが役目だから。逃げられないんだ」

そうつぶやく幸一郎の、あらかじめ運命を決められた人特有の、諦観の眼差し。

華子はこのときはじめて、幸一郎が自分に、本音で話していると思った。

それから二人はぽつぽつと、たくさん話をした。

出会った日のこと、軽井沢旅行、はじめて神谷町の実家に挨拶に行ったときの、張り詰めた空気。結婚式。ほとんど幸一郎が帰ってこなかった新婚生活。そして時岡美紀のことも。

「時岡さんて、素敵な人ですね。なんか、すごく大人だった。彼女に結婚生活の相談持ちかけるなんて、いまから思うとわたし、ほんとめちゃくちゃだったなぁって。よっぽど追い詰められていたにしても、すごく身勝手なことをしているのに、時岡さんは快く受け入れて、たくさん話してくれて」

「なに話した？　共通点ゼロだろ」

華子は首を振り、こう続けた。

「いいアドバイスいっぱいもらいました。それから、いろんな視点ももらいました。彼女と話してると、自分がどれだけ狭いところで、守られて生きてるのか痛感したし、そういう自分がダサくて、嫌にもなって。わたし、一人で生きていくなんて絶対できないと思ってたんです。誰かに頼るしかないから、結婚にいっぱい期待していたんです。わたしの周りには、そういう人しかいなかったし、そういう生き方しかないって思い込んでいて。でも、自分の力で生きてる時岡さんを見てると、なんかすごくかっこよくて、素敵で、ああいうふうになりたいなぁって思うようになったんです。ああいう人は、これまでわたしの周りにはいなかったから」

「だろうね。まあ、苦労人っていうか、サバイバーだからね、東京の。地頭がよくて、自立しててそれなりに野心もあって、飼いならせないタイプ。東京にはああいう女、いっぱいいるよ」

「……難なく飼いならせそうだから、幸一郎さんわたしと結婚したんですよね？」

華子は鋭いところを突き、幸一郎は真顔で言葉を詰まらせる。

「わかってるんです。どうしてわたしみたいなのを幸一郎さんが選んだのか。いまは理由が、ちゃんとわかるんです。だけどあのときはわからなかった。なんで自分が選ばれたのかわからなかったし、その理由を幸一郎さんも言わなかった。なんとなく雰囲気でごまかされて、どんどん進められていく結婚話に、ただ乗っかってた。案の定、結婚した途端にうまくいかなくなっちゃって」

「あれは酷かったな。酷い結婚だった」

またしても他人事のように言うので、華子は幸一郎を睨めつけながらこう言い返した。

「その酷い結婚、半分は幸一郎さんの責任てこと忘れてません？」

「え？　俺？　半分も？」

幸一郎の悪気のなさに、華子は苦笑する。

それから華子は、ハタとなにかを思い出したように膝を打ったのだった。

「時岡さんが言ってたのって、こういうことだったのかも」

「なにが？」

「わたしいま、やっと幸一郎さんに、自分を出せてる気がする。対等に話せてるって感じ。こういうことだったんだ……。まあ、もう手遅れだけど」

そう自嘲気味に言いながらも華子は、幸一郎の様子をちらりとうかがう。

月明かりに照らされながら二人は、黙りこくって見つめ合い、遠くから聞こえてくる音楽に、しばし耳を澄ませた。

時岡美紀は通りで手をあげ、タクシーをつかまえた。キャリーバッグごと後部座席に乗り込むなり、

「東京駅まで。八重洲(やえす)口の方で降ろしてもらえますか？」

せかせかした調子で言う。

運転手は手慣れたものだ。

「新幹線？　何時の？」

「十時五十二分です。それ逃すと会議に出られなくて……」

運転手はこの時間帯、どの道が混んでいるか空いているか、完璧に把握しているらしい。どういうルートで向かうかを丁寧に説明してくれるが、美紀は東京の道にあまり詳しくないので、「任せます！」とすがるように言う。話し好きと見え、今度は美紀に、なんの仕事をしているのかとたずねた。

「地元で友達と、会社はじめたところなんです」

「へぇー、すごいじゃない。なんの会社？」

「新しいお土産を作ったり、街の案内用アプリを開発したり。もっと観光客に来てもらうためのいろんな企画を練る、なんでもやる会社です」

「へぇーえ、いいじゃないの。なに、それ自分の故郷(クニ)でやってんの？」

「はい。東京と行ったり来たりしながら」

「へぇー、がんばってるねぇ。田舎はねぇ、どこもいいとこなんだけど、人の流れが淀んでるから。人の流れが淀むと、なんでもダメね。お金も回らなくなるし、どんどん内向きになってちっちゃいことで揉めたりね。だから外から人に来てもらって、風通しよくしなきゃダメなんだよ」

「運転手さんいいこと言いますね」

「私もねぇ、田舎の人間だから。もう親も墓もこっちに引き取っちゃって、何年も帰ってないけどね。とにかく雪が酷いでしょう、あっちの方は」

運転手が自分の出身地をぽろりとこぼすと、

「あたしもです！」

美紀はうれしそうに言う。

「えーほんと!? お客さんがんばってよ。俺なんか自分のことに精一杯で、故郷のためになにもしてやれなかったけど、これでも捨てたこと後悔してんだよ。お客さん、ほんとがんばってよ。任せたよ。頼んだよ」

「ハイ」

美紀はくすくす笑いながら、力強くこたえた。

私たちは何を持っていて、何が欲しいのか？

雨宮まみ

今、目の前にあることを書く。誰も触れないけど、確実にそこにあることを山内マリコは書く。タイトルから、女同士のマウンティングとか、格差がどうとかそういう内容を期待するかもしれない。けれど、これは、まったくそういう話ではない。

東京に生まれ、渋谷区の松濤（しょうとう）に持ち家があり何不自由なく暮らす華子は、結婚相手を探す段になり、自分は自分と同じハイクラスの人間としかつきあえない、わかりあえないと感じる。逆に、ハイクラスの男と付かず離れずで交際している美紀は、男が絶対に、庶民で利用価値のない自分とは結婚しないということを知っている。どんなに気が合っていても。

東京には目に見えない階級があり、男も女もそれに囚われている。その階層の中での当たり前のルールに従い生きることが、一番安心な道なのだ、とハイクラスの人たちは思っている。華子もその一人だったが、理想と思える結婚をしても、そこで自分の心は置き去りにされてしまう。

決まった階級やグループの中で、人に羨ましがられるような立場に立つとか、いい男と結婚するとか、そういうゲームの中でも人は普通に傷つくし、なにも感じないはずがない。感情や心が求めているものを無視しすぎると、空虚な毎日が待っている。そのことを登場する女たちは自分で悟っていく。そして階級や、ステイタスを持っている男を追いかけることではなく、自分で自分を肯定できる世界へと向かってゆく。

経済的に恵まれていて、当たり前に教養がある女、逆にそんな余裕はまったくない庶民の女。お互いに、お互いが持っているものを持っていない。でも、自分が持っているもので、自力で自己肯定感を得るために、彼女たちは変わる。

わたしたちは、どうすれば幸せになれるのか。ものすごく普遍的なテーマに挑戦している作品だと思う。山内マリコはいつも、今の普通の中の普遍を描いている。

（あまみや・まみ　ライター）

「青春と読書」二〇一六年十二月号より

本書は、二〇一六年十一月、集英社より刊行されました。

初出
「小説すばる」二〇一五年十月号〜二〇一六年七月号

本書はフィクションであり、実在の個人・団体等とは無関係であることをお断りいたします。

集英社文庫

あのこは貴族(きぞく)

2019年5月25日　第1刷
2023年1月18日　第9刷

定価はカバーに表示してあります。

著　者　山内(やまうち)マリコ

発行者　樋口尚也

発行所　株式会社　集英社
東京都千代田区一ツ橋2-5-10　〒101-8050
電話　【編集部】03-3230-6095
【読者係】03-3230-6080
【販売部】03-3230-6393（書店専用）

印　刷　凸版印刷株式会社

製　本　加藤製本株式会社

フォーマットデザイン　アリヤマデザインストア　　マークデザイン　居山浩二

ISBN978-4-08-745875-6 C0193